DU LOUVRE

PANTHÉON

PAR

ERNEST PRAROND

PARIS

ALPHONSE LEMERRE, ÉDITEUR

27-31, PASSAGE CHOISEUL, 27-31

1881

DU LOUVRE

AU

PANTHÉON

DU MÊME AUTEUR.

––––––

POÉSIES.

DE MONTRÉAL A JÉRUSALEM, Michel Lévy freres, 1869.
VERS DE 1873, A. Lemerre, 1873.
A LA CHUTE DU JOUR, A. Lemerre, 1876.
LES PYRÉNÉES, A. Lemerre, 1877.

CRITIQUE.

DE QUELQUES ÉCRIVAINS NOUVEAUX, Michel Lévy frères, 1852.
LES POÈTES HISTORIENS, *Ronsard et d'Aubigné, sous Henri III*, E. Thorin, 1873.

––––––

POUR PARAITRE :

CRITIQUE AUTOUR DE L'ODÉON, *Études sur la poésie contemporaine.*

––––––

DU LOUVRE

AU PANTHÉON

PAR

ERNEST PRAROND

PARIS

ALPHONSE LEMERRE, ÉDITEUR

27-31, PASSAGE CHOISEUL, 27-31

1881

ERRATA

Page 47, vers 17 :

. . . . aux mécréants répond.

lisez :

. . . . aux mescréans . . . .

Page 60, vers 7 :

Sous ce tréteau que bat le pied du podestat.

lisez :

. . . . podestà.

Page 90, vers 6 :

Loin florissait Provins . . . .

lisez :

Loin fleurissait Provins . . . .

Page 96, vers 16 :

Zurbaran et la Seguédille.

lisez :

. . . . . . la séguidille.

Page 96, vers 17 :

> Privat lui-même ramenait
>
> *lisez :*
>
> Privat lui-même revenait

Page 125, vers 8 :

> Des trois lis d'or à Michelet.
>
> *lisez :*
>
> Des trois lys d'or . . . . .

Page 160, vers 12 :

> Ou la sordité . . . .
>
> *lisez :*
>
> Ou la sordidité . . . .

Page 175, épigraphe :

> . . . incertas zephyris mutantibus umbras
>
> *lisez :*
>
> . . . . motantibus . . . .

Page 201, vers 14 et 15 :

> Chacun tenant
> Sa part du fond de la cale ;
>
> *lisez :*
>
> Chacun, tenant
> Sa part du fond de la cale,

Page 203 :

C'est à tort que la première strophe est partagée en deux.

Page 212, vers 4 :

. . . . veulent qu'août se prépare.

lisez :

. . . . veulent qu'oùt se prépare.

AU VIEUX PARIS

Sur les pavés poudreux d'un bruyant carrefour
Les poétiques fleurs n'ont jamais vu le jour.

Le sentiment moderne donne tort à ces vers.
La poésie des villes ne touchait pas le temps
de Chénier. Elle frappe vivement le nôtre.
Nous avons, depuis les oaristys champêtres,
appris à mieux voir partout, à reconnaître, à
aimer la nature dans les milieux autrefois ré-
pudiés comme arides, à sympathiser enfin avec
tout ce monde pressé et fiévreux qui souffre, se
réjouit, s'exalte, espère ou désespère, dans des
paysages de briques et d'ardoises.

La poésie des villes a un domaine historique
et un domaine vivant. Elle ne sort pas seulement des légendes, des ruines ; elle naît aussi

et vit du présent, des rencontres fortuites, des
mœurs, des passions, des tristesses, des joies
contemporaines. Elle aime également le carrefour populaire et le foyer domestique. Elle
vole des jardins, où la verdure et l'eau jouent,
aux ruisseaux dont rêvent les exilés ; des boulevards ensoleillés aux boutiques étroites et pro-
fondes des vieilles rues ; de l'atelier à la man-
sarde ; des quais savants à la banlieue dansante.
Elle s'empare des drames coudoyés sur le pavé
et des intérieurs mystérieux.

Une maison détruite prête aux élégies
plus que tous les bois livrés au soc par la
hache.

> Forest, haute maison des oiseaux bocagers !

Paris, à lui seul, vaut cent fois toutes les forêts
de Gastine. La ville qui nous apparaît pour
la première fois dans une ligne de César sous
un feu de désespoir patriotique fournira une
Troie et une Syracuse au poète d'intuition assez
large pour la comprendre et l'exprimer, pour
être Homère et Théocrite.

L'honneur de Paris est d'appartenir à la poésie presque autant qu'à l'histoire.

Sans remonter à l'île non bâtie encore que nous montre Ronsard dans la *Franciade :*

> Or, ce Paris qui maintenant n'est qu'herbe,
> Isle serrée entre deux flots tortuz,

nous trouvons l'oppidum héroïque de Camulogène devenu, en quatre cent dix ans, la cité riante de Julien. Beaucoup moins de cinq cents ans se passent encore, et la ville gauloise des figuiers est devenue la ville franque, armée de tours, qui résiste aux Danois et qu'Abbon, témoin du siège, entend chanter :

> Sum polis ut regina micans omnes super urbes.

Dans l'intervalle, cent cinquante ans plus tôt, Berte aus grans piés s'en est éprise en fiancée royale et en reine. Pour elle, soit qu'elle l'admire de la hauteur de Montmartre, soit qu'elle y fasse une entrée triomphale, Paris est *la cit longue et lée* ou *la cité noble et gente.* Adenès, son poète, a vu la ville de Pepin dans celle de saint Louis.

Eustache Deschamps a vu celle du sage roi
Charles V et du malheureux Charles VI :

> Riens ne se puet comparer à Paris;
> C'est la cité sur toutes couronnée...
> De tous les arts c'est la flour.....

Malgré les Bourguignons, les Armagnacs, les
Anglais, la ville reste la foi et l'orgueil de
toutes bonnes gens. Une ballade anonyme du
xve siècle l'affirme avec une concision juste
et fière :

> Paris sans per, estant en France,
> Est aussi sainte comme Romme.

Jules-César Scaliger oublie en voyant Paris
les villes italiennes de son temps :

> Francigenæ Princeps populosa Lutetia gentis
> Exerit immensum clara sub astra caput.

Enfin Ronsard, qui a vu l'herbe couvrir l'île
inhabitée, écrira sous « la navire » enseigne
des marchands parisiens :

> France et Paris n'est qu'une mesme chose.

Je n'ai prétendu cueillir les fleurs du pavé

et de l'histoire que dans une petite moitié du Paris de notre temps, mais cette moitié est à elle seule le *Paris sans per*, Rome et la France. *Du Louvre au Panthéon,* — par la Cité, — cela dit bien PARIS, le seul vrai tout Paris, en périphrase trop longue...

L'histoire même de la cité de César, de Julien, d'Abbon, des rois, de la Révolution, court sur les bords de la Seine et ne remonte guère que sur la rive gauche.

L'enceinte de 1840 renferme beaucoup de villes qui peuvent se résumer en trois principales : la cité dans l'île, — *Insula te gaudet,* disait Abbon ; — la ville du nord ; la ville du sud.

Les rues de la cité aux très vieux temps, les rues de la ville du sud, — surtout de l'Université, — à compter du XIIᵉ siècle, ont eu pour propre gloire toutes les gloires de la philosophie et des lettres. Ces rues, dans la Cité, ont fait place à des voies nouvelles, à des hôpitaux, à des tribunaux, à des casernes. Celles de l'ancien cloître Notre-Dame seules conservent encore matériellement quelques souvenirs. La Cité n'en demeure pas moins sacrée pour nous.

La ville du nord a comme un îlot de terrain enlevé de la ville du sud, — la Bibliothèque. J'ai bien dit... un îlot. Regardez. Les lecteurs de pas hâté, de mine recueillie, montent de la Seine; ils ont passé les ponts. Aucun ne descend des boulevards voisins. La ville du nord a plus loin la Bourse. Le courant qui se porte vers cette construction ne vient pas des ponts. Les figures y sont moins honnêtes; elles manquent de beaucoup de choses; nous ne les connaissons pas. Les rues intelligentes de la ville du nord croisent les pentes de Montmartre. Des peintres, des sculpteurs ont abandonné pour ces hauteurs le plateau saint du Luxembourg. Des poètes les ont suivis. Cette partie haute de la ville du nord semble, à vrai dire, un camp volant d'explorateurs en marche, — avec esprit de retour.

La poésie y pérégrine sous la tente comme tant d'arbustes précieux ont voyagé. La plante exotique, le plus souvent native, comme au temps de Daurat, du Mont de Sainte-Geneviève, est atteinte de nostalgie. Ceux qui la cultivent avec le plus d'art et de passion le savent bien.

Je me tiens, non modestement, mais prudemment, dans le pays des souvenirs. Ce volume demeurera fidèle au vieux Paris vivant et vivifiant qui donne un peu de force aux plus faibles; au Paris dont les rides éloquentes sont souvent des sourires fixés et que les siècles nouveaux trouvent, comme les siècles mourants l'ont laissé, éternellement jeune. S'accorder ce Paris-là est, malgré tout, se faire la part large et hardie, surtout si on y joint Arcueil, Meudon, Saint-Cloud, la glorieuse banlieue où se répandait la bacchanale chantant : Io, compaings ! et couronnant des boucs en souvenir de Thespis.

DU

LOUVRE AU PANTHÉON

Le Prologue

LEVER DE SOLEIL SUR PARIS

Sur les plans variés des toits, les cheminées,
Hautes, jettent au ciel la fumée à flots droits;
Dans le ciel strié d'ocre, au-dessus de ces toits,
Un demi-disque rouge éclate; — géminées,

Les couleurs de l'orange au loin disséminées
S'étendent. A mesure, ô soleil, que tu croîs,
Se retirent vers l'ouest les tons brumeux et froids,
Laissant place plus large aux plus chaudes traînées.

Tout à coup, ce grand fond d'orient change encor ;
Le soleil, devenu disque entier, devient or,
Et tout autour de lui le ciel tout or poudroie.

O soleil, au-dessus de Paris s'éveillant,
Es-tu signe ? Peux-tu permettre qu'on te croie
Symbole d'avenir souverain, bienveillant ?

Gare du chemin d'Orléans, 26 juillet 1876.

AVANT L'HISTOIRE

AVANT L'HISTOIRE

I

L'Homme contre la Bête

Et manuum mira freti virtute pedumque
Consectabantur sylvestria sæcla ferarum
Missilibus saxis et magno pondere clavæ.

LUCRÈCE, *liv.* v, 964.

Sur l'innommé pays qui deviendra la Gaule,
S'est attiédi le froid des Alpes et du pôle.
Moiteur chaude. — Un lion, de plus terrible dent,
Plus hérissé de crins que dans le Tell ardent,
Celui qui maintenant traîne un bœuf, l'ouvre et ronfle,
Dresse, entre les torrents que le grand dégel gonfle
Et les buis dont le roc s'est vêtu récemment,
Son mufle armé du rire et du rugissement.
Ce lion n'est pas chef de la terre nouvelle;
Les bois ont le mammouth dont le pas se révèle
Par un écrasement de plantes sur le sol
Et par des bruits d'oiseaux qui le suivent du vol
Pour saisir aux buissons sa fourrure arrêtée;
La plage des marais, d'aurochs bruns habitée,

A le rhinocéros pour prince et pour fardeau ;
Les monts ont l'ours ; le fleuve a l'épais cheval d'eau,
L'hippopotame ; entre eux, oblique et d'humble taille,
Aux voraces aguets de tout champ de bataille,
Rampe l'hyène ; et tous ces animaux sont rois,
Égaux, confinant l'homme en ses antres étroits,
L'homme nu, dont la main puisant l'eau n'est qu'un crible,
L'homme sans crocs.

                    Pourtant le lion est terrible,
Et de lui l'éléphant s'écarte volontiers
Quand un hasard les met dans les mêmes sentiers.

Prodige ! le spectacle a pour témoins les roches,
Les arbres, le mammouth pressentant les approches
De la destruction qui lui-même l'attend.
Le silence est profond sous le ciel éclatant ;
Dans un vallon fermé deux êtres se regardent.
Tous deux sont aussi fiers dans la pose qu'ils gardent
Et beaux dans la réserve et l'immobilité
Où les tient comme un sens de la fatalité.
Ces deux êtres sont l'homme et le lion ; la bête,
Les quatre membres droits, balance haut la tête,
Puis se couche, en arrêt ; l'homme, le bras pendant
Le long du corps, fait face à la bête, attendant,
Prêt à subir le bond comme à l'attaque à faire.
La minute valait qu'attentive la sphère
S'arrêtât, les destins devant se décider.

AVANT L'HISTOIRE.

A quel esprit ou bien à quelle faune immonde,
Passive ou violente, appartiendra le monde?
Qui fuira sous les rocs, de l'homme ou des serpents?
Nulle heure ne tint plus l'avenir en suspens
Et la réponse était dans la combe fermée.

Ce jour, le Moustier vit le combat de Némée;
La fable n'est point fable et dit la vérité;
Nos siècles ont de l'heure héroïque hérité,
Et, si dans le désert la bête encor recule,
Nous le devons au cœur du primitif Hercule.

Le combat? Le secret en est aux jours couverts
De l'ombre et de la nuit des premiers sapins verts.
Quelle vertu d'abord, lasse de l'intervalle,
La première marcha vers la vertu rivale?
Quel sang, payant le sang, fit le sort incertain?
Aucun chant n'a pour nous gardé le fait lointain,
Mais ce que nous savons, c'est que la sapinière
A vu l'homme saisir le monstre à la crinière
Et que l'homme serrait une pierre en sa main,
Et que la force était dans le regard humain.

II

L'Homme contre l'Homme

Arma antiqua, manus, ungues, dentesque fuerunt,
Et lapides, et item sylvarum fragmina rami.

LUCRÈCE, *liv.* V, 1282.

. . . . Ignotis perierunt mortibus illi,
Quos venerem incertam rapientes, more ferarum,
Viribus editior cædebat, ut in grege taurus.

HORACE, *Sat.*, III.

L'homme est nu, chevelu, velu comme une bête.
Des lions dans leurs crins moins terrible est la tête,
Sa barbe hérissant les antres de ses yeux.
Debout sur ses pieds forts, il voit loin sous les cieux;
Sa peau foulant le roc est toute sa semelle.
Près de lui, maigre, usée, inculte, la femelle
Qui l'accompagne marche; il l'a prise autrefois
Dans l'éparse tribu chasseresse des bois
Qui déjà sait tailler le silex pour la flèche.
Lui, voisin des torrents, vit surtout de la pêche;
Il sait barrer la chute et saisir le poisson;
Il sait tailler l'arête ou l'os en hameçon.
Son arme préférée est la hache de pierre
Qui dépèce la loutre et coupe la vipère.
Son gîte est l'abri noir des rampants souterrains.
Deux enfants lui sont nés, dont l'un charge les reins

De la femme aux cheveux épars sur les épaules.
Ils habitent les lieux qui deviendront les Gaules,
Qui deviendront la France ; où, menaçant du front
Le nuage, les tours des beffrois sonneront ;
Où les quais et les ponts dompteront les rivières,
Où la rose ornera les cathédrales fières.
Mais devant lui s'avance un autre être, pareil
A lui, pressant ainsi que lui, d'un long orteil,
La terre que jamais ne blessa la charrue.
La face, hors du bois menaçante apparue,
Est léonine aussi, débordante de crins.
Le nouveau monstre porte une peau sur les reins,
Une peau d'animal d'où pend encor la tête,
Et sa main tient un arc que tend un nerf de bête.
Cet homme à la peau d'ours est le civilisé.
L'homme au caillou rugit ; l'homme à l'arc a visé.
La flèche siffle ; l'homme au corps nu, de sa hache
La brise au vol. Avant que sur la corde lâche
Un nouveau trait repose, il bondit. Corps à corps
Les deux hommes se sont saisis, ongles dehors,
Dents mordantes, cheveux mêlés ; leur souffle râle.
Qui dirait ce combat, il faudrait, sous le hâle
De l'Inde, qu'il eût vu les tigres se rouler
Dans la jungle, et le sang sous leurs griffes couler...
Qu'importe le vaincu si le vainqueur ramasse
La hache et l'arc et joint le trait leste à la masse ?
Il pourra proprement jeter bas les élans
Et les hommes. — Le monde avance de mille ans.

III

Le Bronze. — Le Chant

Et prior æris erat quam ferri cognitus usus.
LUCRÈCE, *liv.* v, 1286.

L'homme de l'occident taillant avec la pierre
La pierre, les sourcils buissons sur sa paupière
Comme la ronce au front des rocs creux, chevelu
Comme un houx, pieds ouverts, ongles durs, corps velu
Sa face ne montrant qu'une ouverte narine
Et deux yeux d'où le poil tombait sur sa poitrine,
Habitait l'antre, avait la forêt pour courtil
Et tirait du silex l'arme simple et l'outil.
La hache, mousse, était l'amulette qui sauve,
Qui vainc l'esprit des nuits comme la bête fauve,
Ou, tranchante, atteignait, tuait et dépeçait
L'animal libre encor qui par bandes paissait,
Le cheval que la soif menait aux étangs calmes
Ou le renne couchant pour fuir ses hautes palmes.
La pierre subvenait à l'unique œuvre d'art,
L'arme, et, jointe au roseau, devenait flèche, dard.
Des héros, forts par elle, allaient jusqu'aux cavernes
Frapper l'ours, ou suivaient dans l'eau, parmi les vernes
La loutre et les castors bâtisseurs de hameaux.
Leur vêtement laissait sanglants des animaux.

Alors de l'Orient, de l'Ister, de la Thrace,
Un nomade, sauvage aussi, mais dont la trace
Est reconnue aux dons, s'étant fait des chemins
Dans les bois non frayés, vint, portant dans ses mains,
L or? non, l'étain, le cuivre [1]; et le premier sauvage
De qui l'urus tenait la mort, non l'esclavage,
En échange du bronze ayant donné des peaux,
Apprit à trafiquer, rassembla des troupeaux,
Fabriqua des outils meilleurs et des épées,
Entassa le gazon sur des branches coupées,
Habita sous la hutte et nomma ses enfants.
Il vit fuir ou périr, avec les éléphants,
Les lions, — et monta, lui, d'un âge en sa race.

Un autre jour encor, le nomade de Thrace

1. Suivant M. P. Bataillard, ce sont les ancêtres des Tsiganes
qui ont porté le bronze dans le Danemark et probablement dans
tout notre occident. Suivant le même savant, ces Tsiganes pri-
mitifs étaient en rapport avec les cabires, et leurs femmes,
diseuses de bonne aventure, furent les plus anciennes sibylles.—
Sur les origines des Bohémiens ou Tsiganes, par P. Bataillard,
*Bulletin de la Société d'anthropologie, séance du 18 novem-
bre 1875.* — Si les Tsiganes ont été en rapport avec les cabires,
rien n'empêche non plus de croire que ces métallurges, ces for-
gerons et ces musiciens ont reçu des leçons d'Orphée, qu'Orphée même fut de leur race et que cette race, les présomptions
ne s'y opposent pas, vint de l'Inde, lieu de départ aussi du
bronze et des religions vers l'Occident. Qu'on n'oublie pas non
plus que la Hongrie, les montagnes les moins éloignées du
Danube, sont pleines de cuivre et d'étain.

Vint apportant le chant, vint apportant des dieux,
Et le premier sauvage, aux sons mélodieux,
S'adoucit, adopta l'hymne, et rendit un culte
Aux signes, c'est-à-dire à cette cause occulte,
Une, qui, sous vingt noms, dans les forces descend ;
Et dans l'intelligence il fut l'adolescent.
Il deviendra l'adulte, et le front mûr, le sage,
Le fort, l'ingénieux instruit par un passage
D'homme ou d'idée. — Ainsi l'homme s'est transformé ;
Ainsi toujours, de siècle en siècle, à point nommé,
Dans l'évolution par les destins voulue,
Comme à l'humanité sanguinaire et velue,
A la nôtre, plus douce et polie, un marchand,
Un cabire, un tsigane, apporte bronze ou chant.

TEMPS GAULOIS

TEMPS GAULOIS

La Flamme sur Paris

AN DE ROME 702

> Lutetiam incendi pontesque ejus oppidi res-
> cendi jubent.
>
> Cæsar, lib. VII, cap. LVIII.
>
> Mais les cendres, je crois, ne sont jamais stériles.
>
> A. DE VIGNY, Paris.

Ayant des bois en vue, en vue un champ fertile,
Lutèce encor tient toute en une petite île.
Ses maisons et ses ponts des bois sont descendus
Et le champ la nourrit ; ses nautes, bras tendus
Sur les rames des nefs, font le trafic du fleuve.
Un jour de ses guerriers la cité devient veuve ;
Rome envahit la Gaule et monte vers le nord.
Lutèce, hors Lutèce, en un suprême effort
S'est unie à ses sœurs contre l'aigle romaine.
Vain héroïsme et vain désespoir, lutte vaine.
Le sol paternel manque aux vaincus ; le vainqueur
Poursuit sa tâche ; il veut dans l'île, comme au cœur,
Frapper le petit peuple indompté de la Seine.
Alors, spectacle saint ! l'îlot resplendit ; scène

Héroïque! Un nom vaut depuis ce jour Devoir.
Siècles futurs, dressez la tête ; venez voir.
Lutèce va, donnant son plus pur sang au glaive,
Monter pure. Avec elle, et d'elle, un feu se lève.
Maisons, consumez-vous ; brûlez, ponts ! Le Romain
Ne pourra prendre pied que sur du feu demain.
Lutèce jusqu'au bout est digne de l'épreuve ;
Pour mourir libre ou vaincre elle a quitté son fleuve ;
Ses fils gardent la rive opposée et mourront.
Ils mourront, mais leur mort que l'incendie éclaire
Aura vu, consolée, auguste, tutélaire,
Fuir les Romains. — Heureux donc ceux-là qui mourro

Depuis ce temps Paris porte une flamme au front.

TEMPS ROMAINS

TEMPS ROMAINS

I

Le Prologue

Prix de tant de sang, paix romaine,
Tu bâtis des arcs radieux
Et des cités ; Virgile amène
Des sages expliquant les dieux.

II

Vue prise du Lucotitius

AN DE J.'-C. 358

Le fleuve sinueux revient vers la corbeille
Arrêtée en ses eaux et le site est merveille.
La corbeille, Luh-tec, est la jeune cité
Mi-gauloise et romaine où la férocité
D'Esus a pris douceur de Jupiter, là même
Où Notre-Dame aura sa pierre ointe du chrême.

Le site est la vallée admirable, admirant
La petite cité dans les flots se mirant.
Au sud, parmi les clos de vignobles, s'élève
Le mont qui deviendra le mont de Geneviève
Et verra sur ses flancs où saignent les raisins
Les écoles monter et les cloîtres voisins.
Voici ce qu'en ce temps, du haut de la colline
Longue, de pente douce, où gratte la géline,
Le vigneron gaulois, suspendant son travail,
Voit plus clair de soleil ou plus gemmé d'aiguail.

D'abord, au plus profond de la belle vallée,
Comme dans une coupe une chaîne étalée
De diamants glissant après les diamants,
Le fleuve en l'abandon de ses retours charmants ;
Et dans la chaîne, au point où jette un fil la Bièvre,
Comme un joyau fixé dans l'œuvre d'un orfèvre,
La ville ; mosaïque où l'émeraude et l'or
Se concertent ; maisons, non plus rondes encor,
Presque romaines ; toits de paille, brique dure ;
Et les arbres coupant les chaumes de verdure.
Les feuillages dont les gabiers sont des oiseaux
Semblent faire avancer une nef sur les eaux.
Derrière l'étambot de cette nef des Gaules,
Deux îlots, deux paniers d'herbe verte et de saules,
Seront un jour nommés Saint-Louis et Louviers.
Au devant de l'étrave, apport lent de graviers,
Deux esquifs, qui seront l'île du Patriarche

Et l'île du Passeur, à l'endroit même où l'arche
Des Henri datera du deuil de Maugiron,
Semblent, coupant, voisins, la Seine au blond giron,
Des remorqueurs jumeaux de la barque maîtresse.
Lorsque la neige fond, ces esquifs en détresse
Sentent le fleuve ému les couvrir tout entiers.

Les yeux du vigneron remontant les sentiers
Rencontrent à mi-flanc les jardins que fit clore
Autour de son palais le bon Constance Chlore
Et que parcourt, quand l'aube est encor sur l'Athos,
Julien, le César φιλοσοφώτατος.
Là, les fruits d'Orient rougissent sur les figues,
Mais, au dehors, les champs, de noir raisin prodigues,
Sont partagés en clos respectables encor.
Cette vigne prendra pour nom Clos Saint-Victor;
Ce clos sera dit Clos de Sainte-Geneviève;
A mi-côte, au milieu de celui-ci, s'élève
Le temple de Bacchus; — le dieu veille à l'endroit
Qu'honoreront plus tard l'autel de saint Benoît
Et Villon regrettant ses princes et ses reines; —
Ce vignoble, frappé de l'ombre des Arènes,
Rappellera le lieu dont il fut le voisin ;
Celui-ci sera dit le Clos de Mauvoisin,
Cet autre deviendra le Clos dit de Garlande,
Et, le pampre toujours s'étendant en guirlande
Pour l'honneur de l'amphore aïeule du tonneau,
Où cette vigne, là sera le Clos Bruneau;

Cette autre recevra la Chartreuse sévère;
Sur cette autre priera Port-Royal qu'on révère.
Et tout autour du mont, ivre du pur ferment,
Le culte de Mithra fait symboliquement
Tomber sous le couteau le taureau symbolique.
Là, Marcel posera la pierre apostolique,
Là, doit sortir du sol Notre-Dame-des-Champs.

Mais de l'autre côté du fleuve des marchands,
Des nautes, la campagne aussi monte diverse.
Est-ce le cep qui saigne ou la moisson qui verse
Sur ses pentes? Qu'importe? Elle est riche; on y voit
Des jardins dispersés où parfois brille un toit;
Et peut-être, du haut du mont, l'œil qui contemple,
Où sera Saint-Eustache, aperçoit-il un temple.
Loin, par-dessus la plaine, apparaît un mont, ceint
De vignes, de villas; et ce mont qu'ont fait saint
Les dieux, Mercure ou Mars, un jour, creux de carrières,
Franc d'abord, puis captif des fiscales barrières,
Ayant tiré Paris de ses flancs jadis pleins,
Le fera festoyer sous l'aile des moulins.

A droite est la hauteur qui sera Belleville
Et Chaumont et le bois qui sera Romainville;
A gauche est la vallée où le fleuve descend
Rafraîchi par des bois. Ce buisson verdissant
Verra bâtir Boulogne et fleurir des ombrelles;
Cet autre abritera les obscures tourelles

De Saint-Germain; cet autre, hospitalier, verra
Clodoald revêtir saint Cloud; cet autre aura
L'honneur de voir Meudon jalousé par Thélème.
Mais tous ces lieux encor, que le chasseur seul aime,
Beaux, sauvages, sans nom, ignorent leurs destins,
Et les nautes, les yeux clos aux lustres lointains,
Aimant leur mère l'eau d'une amour filiale,
Se contentent de vivre, en la nef fluviale,
Du blé venu des champs qu'aimera saint Denis
Et du vin pourpre issu de leurs raisins brunis.

III

Le Palais de Julien

Lorsque, d'un pas tardif comme l'esprit qui rêve,
On gravit vers minuit le mont de Geneviève,
On est frappé du sombre aspect, plus sombre alors,
D'un vieux débris romain. Masse informe; au dehors
Une grille moderne; au dedans un grand vide,
Un sol en contre-bas, des pans de lierre avide
Puisant l'humeur aux joints étroits du mur sacré,
Et plus haut que le lierre, au sommet déchiré
Par le temps, quelques fleurs du temps renouvelées,
Mais noires sur le fond des lueurs étoilées.

En bas, dans un jardin, idylle des vieux murs,
On compte irréguliers, sous des luisants obscurs,
Douze larges morceaux de pierre, antiques dalles
Qui sonnèrent un jour sous le cuir des sandales.
Mais ce qui mieux encor fait entrer par les yeux
On ne sait quel besoin, puissant, mystérieux,
D'arrêter sa pensée entre tant de contrastes,
Ce n'est pas le coin d'ombre ouvert sous les cieux vastes,
Ni l'arbre montant seul, hôte heureux, dernier chef
Du palais où sonnait le commandement bref
De l'officier de nuit ; c'est plus loin, sous un cintre,
Dans un enfoncement qu'eût payé cher le peintre
De Jésus descendant chez les pauvres, Rembrandt,
Un couloir, des degrés vers plus d'ombre courant ;
Puis la salle au delà des degrés, brèche ouverte,
Dans le fond, sur un xyste où la pénombre verte
Dit la blancheur lunaire en lutte avec des ifs.
Ainsi par des paliers distancés, successifs,
Fuyants, mystérieux, l'œil, traversant des arches,
Du vieux sol au sol neuf remonte par vingt marches.
A chaque plan, devant les degrés, sur l'obscur
Qu'il bat de l'aile, un sphinx de gaz, captif du mur,
Ne peut vaincre en avant, ni poursuivre en arrière
La nuit inexpugnable en l'angle sa barrière.
En ces fonds, dans la salle incertaine, on croit voir,
Lorsqu'on fait quelque pas soi-même, se mouvoir
Et marcher des vivants, droits et blancs, qui s'arrêtent
Quand soi-même on suspend le pas ; les noirceurs prêtent

A leur mouvement lent une solennité
Fantastique; ce sont, dans leur inanité
De figures de pierre austèrement vêtues,
Des simulacres froids, mornes, morts, des statues.
Mais l'esprit un instant a vu, dans les erreurs
Des ténèbres, marcher les Césars empereurs;
Et les temps disparus sont sortis de cette ombre
Gardant gaulois le Rhin et dorant le décombre.
Un jour, de ce palais bâti dans les jardins,
Que Byzance ignorait du fond de ses dédains,
Mais qui, jeune, riait dans la fraîcheur des arbres,
Premier Louvre n'ayant que des briques pour marbres,
Un Grec, le dernier Grec des siècles déclinants,
Regardait devant lui les horizons tournants
De la belle vallée et le fleuve méandre
Et ces îles, esquifs de terre aimant à fendre
De leur bec de gazon une eau limpide encor.
La plus grande mêlait, parmi les chaumes d'or
De ses toits, somptueux auprès de ceux d'Évandre,
La pourpre de la vigne au vert du figuier tendre.
Le jeune initié d'Éphèse et d'Éleusis,
Le croyant de Mithra, des symboles d'Isis,
Pieux au roi Soleil, à la Déesse Mère,
L'ami d'Ædésius, franchissant Evhémère
Pour voir le divin triple avec Plotin, avec
Porphyre, avec la troupe, honneur du manteau grec,
Demeurée attentive au démon de Socrate,
A l'esprit de Platon, — l'élève Spartiate

3

De la docte Ionie et du saint Parthénon,
Regardait. En ces lieux presque vierges, Zénon,
Pythagore, Aristote, unis dans sa pensée,
L'Académie ombreuse et l'éclatant Lycée
Et le Portique austère étaient par lui présents,
Sacrant la jeune ville en ses flots bien disants,
En ses monts éloquents, en ses lointains rythmiques.
Paix en ce jour clément, armes et polémiques!
Le jeune philosophe erre parmi les bois ;
Les aspects sont pour lui concordances et voix.
Il revoit bourg Byzance en la cité nautique ;
Il a reconnu Rome aux monts voisins, l'Attique
A la plaine, et ce fleuve où tremperont les lys
Lui rend le fleuve aimé de l'Orient, l'Halys,
L'Halys du mont Taurus, l'Halys du mont Argée,
Et la ville d'espoirs riche et d'ennuis chargée,
Césarée-Eusébie, où son exil songeait,
Travaillait, quand, tout souffle et tout âme, il plongeait
Vers l'infini, ses yeux fuyant de pente en pente
Vers la plaine où l'Halys à longs retours serpente ;
Et, prodige ! ces lieux pleins du seul avenir
Ont les visages doux pour lui du souvenir.
Il reconnaît partout des figures lointaines ;
Il ne sait quel instinct lui fait rêver Athènes
Sur le mont qu'il habite ; il converse en esprit,
Ainsi qu'au Pnyx, avec deux combattants du Christ,
Basile qui sera saint Basile, et Grégoire
Qui, saint, sera la grâce élevée à la gloire ;

Il discute en pensée avec Libanius,
Eusèbe, Ædésius, Priscus, Chrysanthius,
Les chercheurs, et surtout avec le grand Maxime
Qui fait d'Éphèse un temple et du temple une cime.
Et cependant ses yeux errant de toutes parts,
Après avoir quitté la ville sans remparts,
Contemplent au delà, vers le sud-est, la pointe
Que découpe la Seine avec la Marne jointe ;
Plus haut un bois ; plus loin ces lieux formant le front
De la vallée, et qui, le temps venu, prendront
Des noms charmants, Montreuil, Bagnolet, Romainville,
Lilas, Prés-Saint-Gervais, Pantin et Belleville ;
Un peu plus près Chaumont et Montmartre ; au couchant
Le bois qui deviendra luxe, amour, fête, chant,
Boulogne ; au loin Saint-Cloud ; au-dessus, en arrière,
Isolé, le haut mont qu'une enceinte guerrière
Rendra farouche un jour, mais alors abondant
Sans doute en pâturage et brouté par la dent
Des brebis dont naîtront celles de Geneviève ;
Au plus loin, un amas de forêt qui s'élève
Pour s'appeler, ô rois, Saint-Germain et Marly
Lorsque, pontifical, sonnera l'hallali,
Ou Chaville et Meudon quand fleurira l'idylle.

Le César qui songeait au-dessus de notre île
Avait passé trois fois le Rhin et soutenu
Le vieux monde en surplomb près du gouffre inconnu,
Mais sur la cité basse aux ponts de bois encore

Il voyait, rassuré, poindre comme une aurore,
Et, sans se l'expliquer, il aimait ce Paris
Pour qui Grecs et Germains n'eussent eu que mépris.
Lutèce eut, pour parrain, Julien; pour marraine
Geneviève. Et voilà pourquoi cette sirène
A la science antique et le charme et le chant,
Avec un cœur de sainte aimant et trébuchant

IV

L'Arbre du Palais de Julien

MAI 1873

Une joie est rendue à l'auguste décombre.
Derrière le banc vert qu'humecte au matin l'ombre,
Le marronnier, bruyant de pinsons familiers,
Monte, dressant au ciel ses thyrses par milliers,
Ses cônes blancs teintés du rose de la vie.
Ce mois fête le mois où Lutèce ravie
S'éveillait, entendant Marc-Aurèle et Plotin, —
Julien, — parler grec au futur mont Latin.
Chaque fleur tient un point de rosée en sa coupe;
L'oiseau, dont le chant net en sons brefs se découpe,

Met une anthologie en la fuite des fleurs
Qui plaisent pour mourir. Le sage hait les pleurs.
La sage antiquité rit jusqu'en ces ruines ;
Elle aime ce qui naît de ses cendres divines,
Ce qui naîtra toujours du monde et des humains.
Ainsi des beaux jours morts sont nés des lendemains
Pères de jours pareils pour l'homme fils de l'homme.
Entre les vieux débris qui disent : Je fus Rome !
L'arbre vivant, chantant, l'arbre aux thyrses fleuris,
Dit : Place à moi ! je suis, moi, le jeune Paris.

V

Le Palais de Julien encore

AVRIL 1874

Encore une saison neuve ;
Encore une joie au front
Du temps, le vieux coureur prompt,
Qui sur la ruine veuve
Fait un pas et l'interrompt,

Et l'interrompt pour cette heure
Où tout rajeunit et rit,
Où le passé refleurit,
Où refleurit la demeure
Du César qui fut esprit.

Et la ruine affolée
S'égaye ; un coup de soleil,
Un souffle doux ; l'or vermeil
Luit avec la giroflée
A l'or des astres pareil.

C'est la jeunesse éternelle
Qui s'affirme en ce printemps,
En ces noirs lierres flottants,
En cette arche solennelle,
En ces quinze fois cent ans.

MOYEN AGE

MOYEN AGE

I

Le Prologue

Nuit opaque; Abélard, lueur; foudre, le pape.
Des flammes; au bûcher d'Aristote, Molay.
Fanges de sang, de pleurs; et Villon du pied frappe
Le pavé d'où jaillit, humain, le dernier lai.

II

Pierre Abélard

> ...... Elevatis brachiis illam recepit, et
> ita eam amplexatus brachia sua restrinxit.
> CHRONIQUE DE TOURS.

Ta vallée, Ardusson, qui cède aux Vallombreuses
Par l'ombre, vaut surtout par les âmes nombreuses
Qui vinrent y chercher l'oubli, le salut vrai;
Elle redit pourtant le prodige avéré.

Lorsque la grande abbesse, ayant en sa mémoire
L'homme dont elle aima la faiblesse et la gloire,
Fut, mourante, étendue en son clos Paraclet,
Elle se rappela l'heure où son nom volait
Dans les chansons du maître aux grèves éloignées
Que le vieux Paris voit par la Seine baignées.
Elle fut prise alors d'un suprême désir :
« Puisse mon corps auprès du corps aimé gésir ! »
Et sa prière fut de ses sœurs entendue.
Elle fut donc, ayant expiré, descendue
Vers la tombe où, depuis vingt ans, le défunt cher
Reposait, délivré, squelette, de sa chair.
La pierre fut levée, et dans le sombre vide
On vit ce qui restait du corps un jour livide,
Une forme de crâne admirable et les os
De la main qui lutta quarante ans sans repos
Pour l'esprit, la puissance étant dans l'écriture.
Mais stupeur ! quand, déjà touchant la sépulture,
L'amie allait rejoindre insensible l'ami,
On vit frémir les os du docteur endormi ;
Une lueur emplit l'orbite sans paupière,
Et, de ses bras dressés dans les parois de pierre,
Le squelette, attirant le corps si longuement
Regretté, l'étreignit dans un embrassement.

III

Le Roi des Ribauds

Le roi des Ribauds est le roi des braves ;
Il garde, arme au poing, le roi dit le Bel ;
Ses hommes sont sûrs, expéditifs, graves.
Tous cadets, portant en chef le lambel.

Le roi des Ribauds garde la morale ;
Ses beaux clercs de quête ont nez de chiens bauds ;
Il suit l'oriflamme en la cathédrale.
Ribleurs, filles, place au roi des Ribauds !

Le roi des Ribauds est beau sous le heaume ;
Il porte en bel or sur son cœur loyal,
Posés deux et un, les lys du royaume,
Ayant grande part du labeur royal.

Il lève des droits sur les jeux licites
Et d'autres sur ceux qui sont défendus,
Suivant cas prévus et lois explicites,
Et les criminels sont par lui pendus.

IV

Les Bûchers

I

Carnes humane combuste non consueve-
runt fetere, sed pocius, ut dicitur, bene
redolere.

ETIENNE DE BOURBON, dominicain
du XIIIe siècle. *Récit d'une exécution*

Le temps des échafauds et des feux recommence.
Les flambeaux de Néron ont jeté la semence
Des bûchers, et le vent promène ces ferments
Des blancs Dominicains aux rouges Parlements.

II

LES JUIFS DE TROYES [1]

24 AVRIL 1288

Schema, Israël !
Écoute, Israël !

La robe blanche, ô Christ, des pourvoyeurs de joies
De Moloch a paru dans la ville de Troyes.

1. Les élégies juives originales et contemporaines de l'exécution ont été publiées par M. A. Darmesteter dans le nº 12 de
la *Romania*, octobre 1874.

Blanche pour l'homme, elle est rouge aux yeux de l'azur,
Tant dans sa lourde trame est entré de sang pur.
Quel bûcher va noircir de sinistres flambées
Le ciel clair ? Reconnais, mère des Machabées,
Ta foi, ta fermeté, ta race, tes défis,
Ta gloire, en ces neveux émules de tes fils.

Avril, le précurseur généreux comme l'aube,
A réjoui les bords de la Seine et de l'Aube ;
La vigne sent monter l'ivresse du ferment ;
L'air souffle la bonté, le ciel semble clément.
Le peuple qui promène au bord de tous les fleuves
Avec ses chants l'espoir des prospérités neuves
Attend inoffensif, humble, faible, haï,
Le jour saint de la Loi donnée au Sinaï.
Quelques-uns ne pourront, dans les formes prescrites,
Composer de bled pur le pain sacré des rites [1],
En songeant à Sion, au Temple, à l'encensoir,
Aux figuiers sous lesquels il est doux de s'asseoir.
Treize vont, arrachés du banquet de famille,
Engraisser de leur sang le bois qui fut charmille
Et plein de nids, avant de s'éprendre, bûcher,
De chair à dévorer et de sang à lécher ;
Treize, au lieu de goûter au pain qu'on brise ensemble,
Fourniront une proie à la flamme qui tremble ;

1. Pour la fête de la Pentecôte, suivant le *Lévitique*, xxiii,
16, 17.

Treize, un vieillard, un saint, ses frères, ses enfants,
Deux femmes. Les bourreaux sacrés sont triomphants,
Et les bourgeois pour qui le spectacle s'apprête
Sont en joie. Un plaisir sans péché, quelle fête !
Le hourd monstre est construit suivant l'art, avec choix
De troncs d'arbres fendus et de plus petit bois
Laissant jour au-dessous pour le feurre et les branches
A l'œuvre les brandons ! Voici les robes blanches
Et les treize captifs qui marchent en chantant.
Déjà sur le bûcher le feu monte et s'étend.
Le premier condamné qu'on présente à la flamme
Est le vieil Isaac, le saint, le front sans blâme,
Le rabbi qui compta les lettres de la Loi.
Il chante le Schema, ce haut cri de la foi,
Comme il convient au père, au confesseur, au maître,
Étant fils de Juda, fils de David peut-être.
La famille chantante affirme avec lui Dieu.
L'invincible vieillard s'arrête et tremble un peu
Devant le feu semé d'étoiles par le chaume ;
Il dit : — *C'est effroyable !* et puis reprend le psaume.
Parmi les tourbillons blasphémateurs du ciel
Une voix maintenant chante : — *Écoute, Israël !*
L'Éternel notre Dieu, l'Éternel est Un. — Roule,
Prière du martyr, au-dessus de la foule ;
Monte au Dieu qui pardonne aux plus tristes vainqueurs ;
Tu ne tirerais pas la pitié de ces cœurs
Satisfaits de goûter en d'autres l'agonie.
L'épouse du vieillard, mieux que Sara bénie,

Sent que son flanc joyeux est fécond derechef ;
Mais sa foi fait le crime et son sang le grief,
Et devant le tombeau brûlant qui la convie :
Je mourrai de la mort de l'ami de ma vie,
Dit-elle, et, reprenant le psaume interrompu,
Elle ferme les yeux..... La martyre n'a pu
Voir qu'un corps rouge, épreuve horrible dans l'épreuve,
Sur la couche où, tombant, s'ouvrent ses bras de veuve.
Les deux fils, l'un très jeune, et l'autre ayant atteint
Age d'homme et d'époux, se sont jetés d'instinct
L'un vers l'autre ; on les pousse au feu ; le feu les couvre.
Le jeune dit : — *Je brûle ;* et l'aîné : — *Le ciel s'ouvre !*
Haut le cœur ! L'Éternel est Un. — L'ardent bûcher
Sent deux corps dont l'esprit s'envole trébucher.
La bru, dernière veuve, une vigne encor vierge,
S'avance ; elle est drapée en sa modeste serge
Et si belle qu'un cri de cent poitrines part :
Fais-toi chrétienne. — *Et Dieu? Maudits, je veux ma part*
De ses dons. Père, à moi! Mère, voilà ta fille.
Et moins que ses regards le feu dévorant brille.
Le peuple a repris cœur dans sa colère. Un cri
Couvre un chant ; l'enfant juive intrépide a fleuri.
Huit autres, à leur tour, subissent le supplice ;
Et toujours et toujours, sans que l'accent faiblisse,
Le chant renouvelé de la géhenne en feu
Monte : — *Écoute, Israël, l'Éternel notre Dieu,*
L'Éternel est Un. — Las et rassasiés, bêtes,
Les bourgeois ont senti comme un vent sur leurs têtes ;

Et stupides, béants, pâlis sans le savoir,
Ils n'entendent plus rien et regardent sans voir.
Un plus hardi peut-être où faible se demande
Si Dieu pour ces plaisirs n'a pas de réprimande.
Dans l'air stupéfié, dans l'effroi solennel,
La voix encore : — *Écoute, Israël, l'Éternel...*
La voix remonte et baisse ; elle tombe enfin. — L'âme
Du dernier martyr vole. On écoute la flamme,
Et dans un dernier souffle indistinct, éploré,
Le feu semble encor vivre, ayant tant dévoré.

III

Comme un feu de berger fait se tordre les guivres
L'homme fait sur la loi se tordre hommes et livres,
Et la fumée abjecte en roulant sur Paris
Mêle une odeur de chair aux fuites des esprits.

IV

L'ILE DES TREILLES

18 MARS 1314

Cette île avait un nom charmant, l'île des Treilles.
Quelques pampres sans doute, en été des bouteilles
Que vidaient sous les ceps, en plein air, les bourgeois,
Lui méritaient ce nom. Quand cessent les jours froids

Nous pouvons voir encore où souriait cette île
Le Vert-Galant prêter son chalet de faux style
Aux couples de hasard à qui la bière plaît.
Ce jour-là ne sonnaient ni vulgaire couplet,
Ni sirvente, ni verre où, mieux que la cervoise,
Bavarde l'Argenteuil dont la pointe est grivoise.
Un frileux soir de mars. Le soleil descendant
Traînait, triste, sur l'eau lugubre. — Cependant
Tout le peuple, saisi d'avidité malsaine,
Se pressait sur les bords élevés de la Seine.
Quel est l'attrait, l'amorce! Une joute? une nef
Pavoisée et portant l'écu royal en chef
Et ramenant le roi vers la triple tourelle!
Non, rien de tout cela, mais la fête est plus belle.
Dans l'île des buveurs un grand bûcher construit
Attend pour ondoyer l'approche de la nuit.
Sur cet amas de bois qui va devenir cendre
Et, cendre, dans le vent sur le fleuve descendre,
Deux hommes sont montés en des vêtements blancs.
Guerriers, le ceinturon ne suspend à leurs flancs
Nulle arme; ils vont mourir. Je tairai le supplice,
Les flammes, et le ciel, des tourmenteurs complice,
Si peu semblable, hélas! à celui de Sion,
D'Acre, de la mer bleue où nage l'alcyon,
Et noircissant pour faire un enfer plus visible
Du feu doublé dans l'eau comme en un Styx paisible.
Mon vers ne redira qu'un mot. Quand le plus grand,
Jacques, ayant pris Dieu pour pleige et pour garant,

4

Fut adossé debout au pal qui pilorie,
Il dit qu'on le tournât vers la Vierge Marie.
Sans doute il entendait la cathédrale, alors
De dernières lueurs éclairée en dehors;
Puis il voulait mourir la face vers la terre
Où son épée avait touché le cimeterre,
Vers Jérusalem, temple, et Naplouse, jardin,
Vers le bel Orient qu'arrose le Jourdain.

V

LES LIVRES

Plus tristes que ces morts sont les pages brûlées
Qu'emporte au ciel le vent, noires, mais constellées,
Sur la place Maubert, dans la cour du Palais,
En Grève; la pensée aux ahans des soufflets,
Mise en tas, et livrée à la flamme mordante
Dans la ville où venait s'endoctriner le Dante;
Dans la ville où d'abord, s'ornant des fleurs de l'art,
Elle avait eu pour maître épris Pierre Abélard.
Qui dirait ce martyre en ferait comme un vaste
Envolement d'esprits de la terre néfaste
Et saluerait plus haut, sur le noir ondoiement,
Un ciel d'apothéose et d'éblouissement.

V

Choc de clercs[1]

Du pays de science Ysabel est la perle,
Perle, non roc; pourtant tout un grand flot déferle
Autour d'elle de clercs très plaisants en latin.
La perle qu'envierait un comte palatin
Volontiers cède à l'onde et ne craint pas la vague.
L'écolier Buridan qui porte au flanc la dague,
Étant né gentilhomme, a quelques droits d'hier
Sur elle, et marche au vent, nez provoquant et fier.
D'une autre part, scandant la démarche empérière

---

1. Pour le duel (?) de Buridan et du futur pape Clément VI, il faut lire la lettre du chartreux de Cologne, Henri de Kalkar (publiée par M. L. Delisle). Un faux souvenir de cette lettre m'a fait rajeunir quelque peu les deux adversaires. Voici le texte qui leur ôte, avec une part d'excuse, le charme de la prime jeunesse : *Ego novi mulierem Parisius nuptam cuidam sartori theutonico pro qua quondam juvene puella, litigabant Buridanus et quidam nobilis manachus ordinis sancti Benedicti qui postea fuit papa Clemens sextus, quem et vulneravit Buridanus graviter in capite ita quod fluxus sanguinis ipsius purgavit cerebrum suum et factus fuit ex tunc magnæ memoriæ.* Quelle chute ! L'amie de Buridan et de Pierre Roger épousant un tailleur allemand du XIVᵉ siècle ! Que Robert Gagnin, François Villon et la tour de Nesle couvrent d'ailleurs un anachronisme possible, mais populairement et littérairement accepté pour le « sac en Seine ».

D'un César, sous la mine en pointe aventurière
D'Ajax, un autre clerc s'avance, un feu dans l'œil.
Damedieu! c'est qu'aux gens elle départ l'accueil
Loyaulment, l'Ysabel aulmosnière d'œillades.
Heurt vaillant! Les deux clercs se font bonnes taillades,
Car tous les deux aux coups se portent galamment.
Et, de ces deux clercs, l'un doit devenir l'amant
D'une reine de France, aventure malsaine
Qui le fera jeter clos « dans ung sac en Seine »,
Et l'autre doit, thiare en tête, flabellé,
Ciément, bénir le monde, apostole zélé.

VI

Buridan

Ego audivi philosophiam et metaphysicam
et alia bona ab illo Buridano philosopho.
HENRI DE KALKAR.

Jean Buridan, sauvé des eaux comme Mosché,
Devenu le recteur des sept arts, le suprême
Docteur, ayant à fin mené tout théorème,
Métaphysique, éthique, hermétique, et cherché,

Détaché du réel le concept; arraché
Les fantômes des mots; descendit un jour, blême,
Vers les bacs de la Seine et revit son poème
D'écolier dans le fleuve en trouble onde épanché.

Ah! l'éclair de jeunesse! Ah! l'adorable reine
Et le monstre attirant comme l'âpre sirène!...
Le fils chenu d'Ockam se souvient et voudrait,

Même au prix des terreurs du sac ou de la corde,
Revoir l'heure où le dais de brocart encadrait
Tout un ciel dans la tour dont l'ombre le recorde.

VII

Marguerite de Bourgogne

AU CHATEAU GAILLARD

> . . . . où est la royne
> Qui commanda que Buridan
> Feust jetté en ung sac en Seine?
> VILLON.

I

Œuvre effroyable de magie!
Les yeux tors, les membres moulus,
La reine entre les bras goulus
D'un moine épaté par l'orgie!

Démoniaque anthologie,
Pages précoces, dissolus,
Chevaliers mûrs et résolus,
Et ces laides fleurs de clergie

Dans le même jardin d'amour !...
Dans l'air tournant ivre à l'entour
Des vertiges de la stramoine,

D'Aulnay, Buridan et le moine,
Quel songe !... Mais qui, là, rit seul
Et nomme saint Louis, l'aïeul ?

II

Qui donc, sinon Satan lui-même ?
Satan, qui met la cendre au fruit,
La brûlure au baiser fortuit,
L'impureté sur le saint chrême ;

Qui se pourlèche et décarême
Entre les crimes de la nuit ;
Tient la griffe en tout ce qui nuit,
Bénit l'impénitence extrême ;

Mêle à la mort les quolibets ;
Se délecte autour des gibets
D'une luxure sépulcrale,

Et presse enfin le matelas
Sous lequel Marguerite râle,
Valet joyeux des bourreaux las.

VIII

Clément VI

1342-1352

Le froc pauvre a des clercs du siècle excité l'ire
Et le pape s'adresse aux évêques : « Seigneurs,
Frères, ces mendiants sont vos droits enseigneurs;
Vous les haïssez, Dieu se les voulut élire.

« Tous gardent pauvreté si tous ne savent lire;
Vous, vous mangez le monde et vendez, engeigneurs
Du peuple, la croix même au croît de vos honneurs,
N'ayant que votre orgueil, aveugles, pour collyre... »

Le pape cependant, que la belle Ysabeau
Parisienne tint sur beaucoup d'autres beau,
A laissé, dans ses mœurs, sur Paris venir Rome.

On sait qu'il ne craint pas les dames, et le pont
D'Avignon s'émeut fier de le porter, car l'homme,
Resté beau, d'un beau verbe aux mécréants répond.

IX

Autour du cloître Saint-Benoît [1]

A FRANÇOIS VILLON

Je demande à ces toits qui sur les murs chavirent,
A ces toits que tu vis, à ces murs qui te virent,
Ce que tu te nommais « tentes et pavillon »,
O vieil oncle François de Montcorbier Villon [2].
Combien de fois, suivant les douces ou cruelles,
Maître et « martyr d'amour », tu foulas ces ruelles !
Bien des jours sont passés depuis ce temps lointain
Et les mots ont changé de robes. Le latin
Est à peine entendu sur ce mont, la huitième
Des collines de Rome ; et ta langue elle-même,
La Sorbonne l'explique et ne la comprend pas.
Mais ces pavés toujours reconnaîtraient ton pas.
Là, maître ès arts resté l'écolier « bon folastre »,
Devant le saint portail devenu ce théâtre,
Dans un duel, par un coup riposté bien à val

---

1. Avant M. Haussmann.
2. De Montcorbier. — On me pardonnera d'avoir introduit
rétrospectivement dans ces vers la découverte récente du véritable
nom de Villon par M. Longnon. Le vers non modifié était :

O vieil oncle François dit Corbueil ou Villon.

Ta dague a perforé le prêtre ton rival[1].
Ces lieux sont traversés d'ombres macaroniques,
Vieilles avec des nez, jeunes faisant des niques.
Entre ces murs tranchant le ciel en long filet,
Les docteurs, les régents hantent, orgueil replet,
Le couloir sorbonnique où l'ombre s'accumule[2],
Et la mère Pigeau peut rappeler la Mule
Où tu t'assis, Françoys, dans un monde mêlé.
Tout le quinzième siècle en ces murs vit celé;
Il demande à sortir; il écaille le plâtre.
Les psaumes ont laissé des sons dans ce théâtre;
Toi, tu restes partout, vieil oncle vénéré.
Là, si loin qu'un hasard du jour eût égaré
Tes pas, dans les appels de la vie ou du rêve,
De la place Maubert à la place de Grève,
De la Grosse-Margot à l'abreuvoir Popin,
Du clos du Chardonnet à la Pomme-de-Pin,
Tu revenais, constant, comme le lièvre au gîte;
Celle-là, dont encor le souvenir agite
Dans la tombe tes os, et qui se fit régal
De ton âme, damnait ce lieu théologal.

1. M. Longnon a établi que ce duel ne fut qu'une rixe de hasard, du moins de la part de Villon.

2. En ce temps d'école où nous avions le bonheur de peu étudier, le « passage » de la Sorbonne existait encore. De la place du Cloître, il se dirigeait vers une très étroite petite place où se trouvait l'entrée « des artistes » du théâtre du Panthéon, et de là se rendait, en angle d'équerre, à la rue de la Sorbonne.

X

A Katherine de Vaulselles[1]

. . . . . d'où viens-tu ?
VILLON, *Grand Testament*, LXXXIII.

Ce clos noir t'a connue, ô nièce du chanoine,
Non pas toi, de Fulbert nièce aux grands arts idoine,
Mais toi qui de Villon tourmenté te louas ;
Toi qui, frivole et dure, à sa croix le clouas,
Ayant fait un martyr avili du poète,
O bourrelle des cœurs, cruelle et chère tête.
Tu fus lustre, astre, gloire, en ce cloître écolier.
Quelque part fut ici l'huis trop hospitalier ;
Quelque part fut ici le parloir trop facile
D'où le brave, entré vain, sortait lâche et docile.
Peut-être on t'avait dit l'honneur d'Alain Chartier ;
Comme tu savais mal pourtant donner quartier

1. Depuis que le cloître Saint-Benoît et les rues ou ruelles, ses
sorties, ont disparu, l'érudition a publié de bons travaux sur les
hôtes de ce quartier au xve siècle. Il m'a donc fallu, depuis
l'ébauche ancienne de mes vers, me tenir en éveil de scrupules.
Aussi me suis-je efforcé plusieurs fois, M. P. Jannet aidant
d'abord, de remettre en plus de lumière vraie le vieux cloître
universitaire et les figures qui l'ont animé un jour. Villon s'est
dégagé peu à peu des fumées des repues franches. La Katherine
de Vaulselles, de M. Prompsault, est devenue celle de M. Longnon.

A l'humble, qui de toi ne requérait vengeance
Fors aux bons dieux d'amour prodigues d'indulgence!
O « faulse » qu'honora la très grande amitié
Du poëte et qui n'eus pour lui qu' « yeulx sans pitié » ;
Toi qu'il injuria, fou de honte subie,
Enfin, — comme Catulle injuria Lesbie ;
Sois maudite et sacrée et bénie, instrument
De torture, Héloïse au rude enseignement.

XI

La statue de Villon [1]

Et pourquoi pas? — Une statue
Au maître ès arts fainéantant
Sur la place qu'il aima tant
Et que ses pieds ont tant battue ;

Un socle au bon « martyr » Villon
Que Katherine de Vaulselles
Mena comme nous menaient celles
Dont l'ombrelle est le pavillon ;

1. J'ai envoyé cette pièce à un vice-président du conseil muni-
cipal de Paris, avec l'espoir — très mal assuré — de faire vio-
lence à la vertu de ce conseil en faveur du poète qui eut quelque
faiblesse.

Et pourquoi pas ?... C'est dans un bronze
Tout battant neuf qu'il nous plairait
Le voir raillant ce qu'il pleurait,
L'amnistié de Louis onze.

Que les gens criant à l'argot
Veuillent bien rentrer leur morale;
Plus d'une antique pastorale
Eût choqué « la grosse Margot ».

O faim, sous ton âpre morsure,
Après sa dague mise au flanc
Du clerc rival étendu blanc,
Il déroba, la honte est sûre.

Il crocheta même, hélas! oui,
Une caisse dans un collège
Et déjeuna du sacrilège
Et d'un jambon, crime inouï!

Ensuite ?... Il chantait la lumière
Des plus belles du temps jadis,
Des jours nouveaux, Berthe, Héloïs,
Et celle-là qui fut heaulmière.

Il tirait l'âme, ce bandit,
De tes mourantes fleurs, duc Charles;
Peuple, en la langue que tu parles
Il cueillait le mot inédit.

Il guérissait le vers malade
En lui donnant couleur et son;
Il dégourdissait la chanson
En émoustillant la ballade.

Le lieu juste au socle est donné;
Là tous les siècles verront croître
Le culte dû; là fut le cloître
De Saint-Benoît-le-Bétourné.

C'est là qu'il rôdait, le rebelle;
Qu'il jeûnait d'amour; qu'il rêvait
Aux neiges d'antan; qu'il trouvait
L'heure lente et la rime belle;

Et c'est là qu'il émancipa,
Peut-être sans y songer guère,
Le mot commun, noble et vulgaire;
Là qu'il aima, là qu'il frappa.

Ce lieu saint, l'antique Sorbonne
Y veut, l'enveloppant de murs,
Faire blettir des docteurs mûrs.
Et qu'ainsi soit! la place est bonne.

Que dans la plus vaste des cours
Respirant l'air à large grille
On voie un bronze humain qui brille
Présider aux graves concours,

Quoi de mieux ? L'ironique robe
Du bon maistre Françoys vaut bien
L'auguste hermine d'un doyen
Ou d'un empereur porte-globe.

RENAISSANCE

RENAISSANCE

I

Le Prologue

Rimer en cramoisi.

RABELAIS, *Pant.*, l. V, ch. XLVI.

Aube et départ. — Aux Hespérides
Des nefs vont ravir l'or choisi;
En chœur dansent les Piérides
Et Ronsard rime en cramoisi.

Et retour aussi d'Argonautes
Porteurs de lyres, dont le chant
Transforme en notes douces, hautes,
Les splendeurs du royal couchant.

Les chrysomèles décrochées
Sont des strophes; l'or sonne, pur,
Les iambes et les trochées
De Mitylène et de Tibur.

--- --- ---

II

Joannes Auratus

REGIUS GRÆCORUM LITTERARUM PROFESSOR, REGIUS POETA ET
INTERPRES, REGIBUS CARISSIMUS; CUJUS DISCIPLINÆ DEBET
GALLIA RONSARDOS, BELLAÏOS, PORTÆOS, etc. — EPITAPHE DE
JEAN DORAT, dans le chœur de l'église de Saint-Benoît-le-Bé-
tourné.

> Io, compaings, n'oyez-vous
> De Dorat la voix sacrée
> Qui recrée
> Tout le ciel d'un chant si doulx ?
> RONSARD, *les Bacchanales.*

Dans ce théâtre où vont, au soir, nos flâneries
User l'heure inquiète entre les âneries
Des drames moyen âge et des couplets grivois,
Sous le cri : *Bière, orgeat, cidre* [1], et cette autre voix :
Le programme, marchand de lorgnettes, qui monte
Et descend, ce n'est pas, j'en bats mon cœur de honte,
Le remords qui m'émeut quand je pense au cercueil
Du chorège enivré de la pompe d'Arcueil
Que va réveiller là, sous l'orchestre, l'œillade
De Bergeon-Déjazet, — et qui fit la Pléiade.
Es-tu sourd, bon Dorat? Te l'accordent tes dieux,
O maître au front lauré, conseiller radieux

1. Le vrai cri était : orgeat, limonade, de la bière, du cidre.

Des Ronsard, des Belleau, des Pontus, des Desportes,
Lorsqu'éclatent sur toi les catachrèses fortes!
Rappelle-toi plutôt ton Ronsard couronné,
Ton Remy, ton Baïf, et le groupe ordonné
Des sept porte-rayons en nombre avec toi-même.
Sous monsieur Pelvillain [1] médite un grec poème;
Dis-toi : Dans cette foule imbécile qui rit
Est un songeur dévot peut-être à mon esprit.
Console-toi, sachant que ta montagne sainte,
Par toi nouveau berceau des dieux, vaut Bérécinthe
Qui vit ces dieux éclore au printemps de Rhéa
Quand l'hymne prescient et pieux les créa.
O docte, tu savais que, dans l'ordre des choses,
Les retours sont constants des neiges et des roses
Et qu'un temps reverdi succède au temps chenu;
Apprends donc que ton siécle en gloire est revenu.
Une aube d'une autre aube est la réminiscence
Et les hommes diront toujours LA RENAISSANCE.
Tes soleils ont tenu nos jours prédestinés
Et, de tes fils, des fils, vieux maître, te sont nés.

---

1. Ces noms modestes de la pauvre Bergeon et du comique
Pelvillain, Dieu me garde de les enlever. Ils donnent une date
déjà lointaine, mais la date de notre Renaissance à nous, — 1843.

III

Madelène Dorat

Vous estiez rossignol durant vos jeunes ans
. . . .
Maintenant, ô Dorat, vous estes un doux cygne.
PIERRE LANGLOIS DE BEL-ETAT.

En ce théâtre aussi repose Madelène,
Fille de Jean Dorat, qui, belle comme Hélène,
Sans avoir mis en deuil les foyers argiens,
Semblait avoir ouï les cygnes phrygiens
Et, comme elle, savait parler le pur dorique.
Savante en tous les arts comme en la rhétorique,
Sous ce tréteau que bat le pied du podestat
Elle gît oubliée et pourtant mérita,
Aïeule, qu'on lui dît : O fille harmonieuse
D'un père glorieux, comme lui glorieuse,
« Vous étiez rossignol durant vos jeunes ans » ;
Vieille, les porte-luth vous restent courtisans,
Car, sous de blancs cheveux qui nous sont juste signe,
« Maintenant, ô Dorat, vous êtes un doux cygne ».

IV

Rue des Fossés-Saint-Victor

Toi qui dores
La France en l'or de ton nom.
RONSARD, *les Bacchanales.*

Rue à la roide pente et vénérable et sainte,
Qui gardes en ton nom souvenir de l'enceinte
Dont fut armé Paris sur le bourg Saint-Marcel,
Combien de fois vis-tu le maître universel
Ès rythme, rime, coupe, ès laurier, pampre et lierre
Te gravir escorté de la pompe écolière
Qui, plus jeune que lui, tirait de ses leçons[1]
L'art de le surpasser en odes et chansons?

1. On ne saurait surfaire le *Regius Græcarum Litterarum Professor ;* on a pu surfaire le *Regius Poeta.* M. Gustave Le Vavasseur m'envoie l'avis ci-dessous, dans la langue la plus habituelle du poëte trilingue :

Non aurum est quidquid fulget ; ne crede colori ;
    AURATAM zonam fama nitens superat.
Linguâ lambe tuum, rostro ne scalpe Johannem ;
    Pelle sub AURATA plumbea membra latent.
                  G. LE VAVASSEUR.

Cette épigramme contrarierait un peu toutes celles qui saluent, en distiques aussi, les œuvres de Dorat dans l'édition de 1586.

Foulé par lui, ce flanc du mont qu'Eos récrée
Avait senti monter en ses puits l'eau sacrée.
Les buveurs qu'attirait le maître plus que l'eau
Étaient, avec Baïf, Jodelle; avec Belleau,
Ronsard; — ce dernier pris par la dame Genèvre
S'attardant au Sabot, près de l'honnête Bièvre.
Le maître, grave, ayant salué d'un Χαῖρε,
Lisait par ordre, avant Achille encoléré,
La naissance des dieux et les Jours d'Hésiode,
Et Castor et Pollux, les jumeaux chers à l'ode,
Le flot surgi déesse et sur les flots traîné,
Et par des clous d'airain Prométhée enchaîné.
Et puis, lorsqu'il avait quitté la lyre aimée,
L'aède qui venait de dire Ulysse, Eumée,
La fleurie Aréthuse et le fleuve Océan;
Qui venait de chanter pour Phœbus le péan,
L'hyménée, ô hymen, pour l'anadyomène
Et l'iach, Évoé, pour l'ivre dieu que mène
Le tigre ivre et soumis; le maître au grave accueil
Demandait sa nébride et partait pour Arcueil.

V

Le Pèlerinage

« Quand il (Ronsard) estoit à Paris, et qu'il
vouloit s'esjouir avec ses amis, ou composer à
requoy, il se délectoit à Meudon, tant à cause
des bois que du plaisant regard de la rivière de
Seine; ou à Gentilly, Hercueil, Sainct-Clou et
Vanves, pour l'agréable fraischeur du ruisseau
de Bièvre et des fontaines que les Muses ayment
naturellement. »

G. COLLETET.

Parfois, l'âme aux antres verts
    Où les vers
Venaient de compagnonnage,
Dans les environs fleuris
    De Paris
J'essaye un pèlerinage.

J'ai, d'Arcueil jusqu'à Meudon,
    Pour guidon
Le thyrse de la Pléiade ;
Les coins de rue ont des voix
    Et je vois
Dans l'aqueduc la naïade,

La naïade, aux belles eaux,
    Des oiseaux,

Hymnes de la rime ailées,
Sonnets de timbre savant,
S'enlevant
Multisonores mêlées.

Entre des murs décrépits
Ou crépis,
Je remonte un peu la Bièvre,
Cherchant un flot du temps où
Belleau fou
Rendait jusqu'à Dorat mièvre.

En quête des chœurs décents,
Je descends
Vers Gentilly ; — les Charites
Ont quitté ce lieu trompeur,
J'en ai peur,
Et me dérobent leurs fuites.

Je revois Vanves. — Hélas !
Les dieux, las
Du bruit des ponts et des chaînes
Qui d'un fort gardent l'ennui,
Ont tous fui
Sans doute aux ombres prochaines,

Aux ombres du gai Meudon,
Ce pur don

De la nature à la Seine,
Et contemplent ce tableau,
Paris, l'eau,
Le grand miracle épicène.

Ces bois verts de bois chenus
Sont venus;
Ils tiennent, du plus vieil arbre,
Qu'ici l'homme à leurs dieux cher,
Grand et fier,
Promenait son front de marbre;

Qu'il contemplait ce serpent
Qui s'épand
De Saint-Cloud jusques à Sèvres
Et que devenaient chansons
Tous les sons
Des feuillages sur ses lèvres,

Chansons gauloises, avec
Un tour grec,
Et strophes et rimes belles,
Se becquetant, caquetant,
Coquettant
Par volantes ribambelles.

O royal Saint-Cloud, salut!
Il se plut
Dans tes bois à suivre Hélène,

Le Pétrarque dont sonnait
        Le sonnet
Mesuré par leur haleine.

Des neuf sœurs le troupelet [1]
        Bagnolet,
Ayant dansé dans tes roses,
T'aller visiter, tel est,
        Bagnolet,
Mon vœu des plus grandioses.

Un jour je ferai l'effort,
        Dur et fort,
De quitter ma rive gauche,
Et, pour ton hôte admiré,
        J'oserai
Cette incroyable débauche

De conduire mes pas vers
        Les prés verts
De Saint-Gervais, morte gloire,
Et de m'arrêter chez toi
        A requoy
Pour à ton vieux ruisseau boire.

---

1. Si bien que des neuf sœurs le sacré troupelet
Est venu de la Grèce habiter Bagnolet.
                    RONSARD, *Gayetez.*

VI

La place Maubert

Non dolet ipse Dolet, sed pia turba dolet.
Dernières paroles de DOLET.

Cito post captus, per ignem transiit ad
infernum.
ÉTIENNE DE BOURBON, dominicain
du xiiie siècle.

Dolet avait bien droit au nom grec que consacre
Le premier des martyrs, Στέφανος le diacre,
Étienne ; il était Grec, il fut martyr ; un texte
De Platon le tua, tout étant bon prétexte,
Ou mieux juste raison, contre l'impie osant
Comprendre sans l'aveu de Thomas s'imposant.
Ici fut le bûcher sous la potence vile,
Sous la sainte potence ; et dans toute la ville
Nul autre lieu ne vaut cette place en honneur.
Ce Grec aimait aussi la France avec bonheur,
Les poètes gaulois et ceux de la Pléiade ;
Il publiait Marot en lisant l'Iliade,
Et ce fils de Moschus et que Platon tua
Imprimait en friand le *Grand Gargantua*.
Dans la foule assistant au supplice, peut-être
Plus d'un docteur avait, muet, suivi son maître.

Le peuple fut décent et Dolet lui sourit.
Il le remercia même d'un jeu d'esprit
En mêlant dans un vers son nom, la pitié, l'heure :
Dolet ne se plaint pas, c'est la foule qui pleure.
Et de cette heure infâme et d'exécration
La place attend encore une expiation,
Un bronze osant montrer le bûcher, la potence,
Et l'arrêt qui frappa dans son omnipotence
L'homme, et sa chair le livre, — et venger l'homme enfi
Souriant, sérieux, doux, héroïque et fin.

LE SIÈCLE DE LOUIS

LE SIÈCLE DE LOUIS

———

I

Le Prologue

La cour du dieu Phébus et la cour du dieu Pan,
V. H.

Ce siècle très correct sera souvent féroce,
Mais pour gloire il aura Corneille, pour flambeau
Descartes, Catinat pour épée, et pour crosse
Bossuet; son écu portera *du Corbeau.*

Nous pourrons le nommer grand pour Molière; il ouvre
Galant sur le Pont-Neuf, devise avec Ninon,
Met Boileau sur Ronsard, Versailles sur le Louvre,
Et Racine étant mort, se clôt sous Maintenon.

———

II

Les Poisons et la Grève

I

CHEZ MADAME DE MONTESPAN

Françoise-Athénaïs de Mortemart, marquise
De Montespan, médite en la tenture exquise,
Et se dit, un nuage abaissé sur le front :
« Le roi mort, le dauphin mort, mes fils régneront.
Chassée ! ah ! l'hypocrite et lamentable reste
Du cul-de-jatte, onguent frelaté, sorti peste
Des parfums de Ninon rancis auprès des sots !
Sot roi que Bossuet retourne avec des mots,
Cœur lâche ayant besoin de béguines de joie !
Fasces des Mortemart, est-ce vous qu'on renvoie ?
Sire, gardez-vous bien. La blanche aux blonds cheveux,
Aux yeux doux, dont, grossier, vous préveniez les vœux,
Vous imaginez-vous l'avoir toute connue?
La chatte, quelquefois grondante, est devenue
La tigresse dentée, onglée ; ah ! gardez-vous. »

II

Madame de Montespan ; la marquise de Brinvilliers [1]

LA MARQUISE DE BRINVILLIERS

Sûrs.

MADAME DE MONTESPAN

Et discrets?

LA MARQUISE DE BRINVILLIERS

Muets.

MADAME DE MONTESPAN

Doux?

LA MARQUISE DE BRINVILLIERS

Divinement doux.

---

1. Les rapports de Mme de Montespan avec la Voisin ne sont plus douteux depuis la publication de M. F. Ravaisson (les Archives de la Bastille) et les articles de M. J. Loiseleur. Les relations de la favorite royale et de la marquise de Brinvilliers ne sont aucunement prouvées. J'ai écrit cette pièce loin de toute bibliothèque, à Luchon. Mes souvenirs incertains ont substitué à la sorcière la marquise. Cela dit par scrupule d'historien. Les auteurs dramatiques s'accordent bien d'autres libertés.

6

MADAME DE MONTESPAN

Allez, je veux songer.

LA MARQUISE DE BRINVILLIERS

A vos ordres, Madame.

III

UNE CELLULE DANS LA PRISON DE LA CONCIERGERIE
DU PALAIS

La marquise de Brinvilliers ; un prêtre.

LE PRÊTRE

La mort sans confesseur serait une mort d'âme,
Ma fille.

LA MARQUISE

J'aurais bien quelques petits péchés.
Vous saurez qu'à sept ans, mon père...

IV

UNE SALLE D'INSTRUCTION

Un bourreau et ses aides; un juge; la marquise de Brinvilliers

LE BOURREAU à ses aides.

Dépêchez.
La question de l'eau d'abord ; trois seaux.

LE JUGE

Qu'elle entre.

LA MARQUISE, remarquant les seaux pleins d'eau.

On veut donc me noyer. Pauvre et cher petit ventre
Corps joliet, que vous conteniez tout cela,
On ne le prétend pas, j'espère bien.

LE JUGE

Holà !

Point de plaisanterie.

Au bourreau.

Et qu'on la fasse boire.

LA MARQUISE

Assez, je dirai tout.

Elle fait à voix basse quelques aveux au juge.

LE JUGE, épouvanté.

Horrible, horrible à croire !
La maîtresse du roi ! Pour le roi ?

LA MARQUISE

Pour le roi.

V

DU PALAIS A LA GRÈVE

Dans le tombereau vil, en l'escorte et convoi
Du peuple et des bourreaux, pieds nus, nue, en chemise
Comme l'a dit l'arrêt, l'empoisonneuse est mise.
Le vieux pont Notre-Dame est bruyant de brocards,
Plein d'yeux. Là, se tient, près « de la bonne d'Escars »,
Touchée ainsi d'un mot dans l'épître légère,
La douce Sévigné, l'heureuse ménagère
Du tripot journalier, que les grands jours égayent;
Et les mères, haussant leurs enfants qui bégayent,
Leur font voir, de leurs bras, le monstreux charroi
Comme exemple et leçon des justices du roi.
Car tels sont dans ce siècle, où Fontanges gazouille,
Où, quand Titus s'émeut, tout œil bien né se mouille,
La pitié, la morale et le respect humain,
La douceur féminine enfin qui va demain
Débiter le supplice en gentillesses mièvres.
La coupable pourtant passe, blancheur aux lèvres.
En la place plus loin, sous le soleil moins haut
Qui rougit l'occident, se dresse l'échafaud,
Et près de l'échafaud, plus bas, un bûcher sombre
Attend qu'il fasse nuit pour mieux flamber dans l'ombre.
L'effroyable descend, pieds nus, gravit le hourd,
Voit la hache briller contre le billot lourd

Et se tient droite. — Il faut que devant une foule
Rendue, à son aspect, muette, — ainsi la houle
Se calme sous une huile épandue, — elle soit
Mirodée et *rasée* et *dressée* ; on la voit
Livide, bras tombants, spectre sans chevelure.
La longue cruauté soulève un grand murmure
Et le peuple, passant de son horrible faim
A la pitié, s'indigne. — Elle est frappée enfin,
Puis jetée au bûcher et sa cendre en l'air glisse,
Respirée, impalpable ; et, comme le supplice
Transfigure, on la dit sainte ; elle a des dévots,
On retrouve sa cendre, on invente ses os.

II

L'Homme en deuil

CHATEAU DE MONTESPAN (GASCOGNE)

Oh ! que les jours devaient traîner longues années
Dans ce triste château, désert parmi les bois,
N'entendant que des chiens aux lugubres abois,
Et voyant loin, du haut de ses tours géminées !

D'un côté, l'indécis des pâles Pyrénées
Et, de l'autre, la plaine où le sang albigeois
Des vignes et des blés élève encore la voix
Vers le ciel impassible et les tours ruinées.

Tant d'espace à l'entour d'un esprit sans espoir !
Là, trente ans, sur ce mont, vécut un homme en noir,
En deuil, ne comptant plus les heures condamnées.

Il se promenait seul, n'ayant du sentier choix.
Oh ! que les jours devaient traîner longues années
Dans ce triste château, désert parmi les bois !

IV

La Mort

BOURBON-L'ARCHAMBAULT, 28 MAI 1707

Dans ses rideaux ouverts, devant dix chandeliers
Que ses frissonnements font charger de bougies,
Françoise-Athénaïs, prunelles élargies,
Revoit errer sans fin des spectres familiers ;

Ses femmes vainement la veillent; les geôliers
Terribles, ses remords, veillent aussi ; surgies
Du parquet, des rideaux, montent des effigies,
Et sa terreur entend marcher la Brinvilliers...

Elle meurt et des chiens dévorent ses entrailles ;
Mais plus sinistre encore, au soir des funérailles,
La suprême oraison que prononce le roi.

O fêtes ! ô ballets ! Lulli ! Molière!.. Oh! l'heure
Des triomphes !.. Le roi dit : Pour que je la pleure
Voilà bien trop longtemps qu'elle est morte pour moi.

LE SIÈCLE PHILOSOPHIQUE

LE SIÈCLE PHILOSOPHIQUE

I

Le Prologue

Ce siècle de combat va condamner la corde,
La torture, les fers, le feu; le vert laurier
Est posé sur son front par la miséricorde ;
Le voile s'est levé; l'avenir est ouvert.

II

A la voirie

1730

RUE DE BOURGOGNE

Non, ces bords désormais ne seront plus profanes.
VOLTAIRE.

Le cimetière impie exclut de son enceinte
La fille de Corneille, et cette place est sainte.

Un coin du sol où fuit peut-être ce trottoir,
Où peut-être un fripon filoute en son comptoir,
Où peut-être un portier surveille un chou qui fume,
A rongé le beau corps que la mémoire exhume,
Le front qui se levait pour attester les dieux,
La bouche d'où les vers tombaient mélodieux
Et le cœur, le grand cœur, tragique et magnanime,
Qu'emplissaient Bérénice, Andromaque, Monime
Et Chimène et Camille et Phèdre, — tout sacré
D'héroïsme suprême et d'amour exécré.
Tous les siècles sont là, tels que les vit Homère,
Tels que plus tard Corneille ; et ce n'est point chimère
Le spectacle entrevu par le poète errant.

La nuit du vingt-deux mars, un personnage grand,
Souliers gros et rabat du siècle dix-septième,
Suivi d'ombres, au front serré du diadème,
Et comme lui marchant avec des pas sans bruit,
S'arrête à cette place, ainsi qu'en l'âpre nuit
De ce mois froid de grêle, où, parmi les ténèbres,
Spectre, il guida, non vu, maître des rits funèbres,
Le fiacre qui portait au frauduleux ouvreur
D'un vil trou la royale et pauvre Lecouvreur [1].

1. *La pauvre Lecouvreur,* expression de Diderot, dans une
lettre au roi de Prusse.

II!

Saint-Cloud

Le roi Louis se tient debout sur la terrasse
Et regarde la Seine. Effrontée avec grâce,
La belle du Barry, tout en émerillon,
En sourire, en fraîcheur qu'anime un vermillon,
Les cheveux relevés autour du front, regarde...
Regarde aussi, plus loin, la ville. — Le roi garde,
Absorbé, le silence. Il est triste; un souci
L'occupe. Ce Paris ne peut-il jusqu'ici,
En ce palais, plus loin même, jusqu'à Versailles,
Bondir, ivre d'erreurs et fou de représailles,
Pour demander, qui sait? des comptes à son roi
Le roi pense au déluge et se dit : Après moi !
La comtesse aux yeux bleus se revoit simple Jeanne,
Au cœur des cavaliers fanfarant la diane
Ou dans les cœurs à pied vergetant le tambour.
Ah! que ne règne encor la grande Pompadour,
Alors qu'elle courait, elle folle Jeannette,
N'ayant que deux jupons et qu'une guimpe nette,
Du quai de la Rapée à tous les Porcherons,
Alerte aux mots risqués, facile aux bons jurons,
Et de ses garnements de tous les diocèses
Se consolant sur l'air : *Dans les Gardes françaises !...*

Ah ! les fêtes du peuple et les berceaux couverts,
Où les cœurs sont d'argent et d'étain les couverts,
Les théâtres forains, le guet d'amour, l'embûche,
Et l'été sous le toit et l'hiver sans la bûche !
Ah ! le temps de malheur, si regretté ! Pourquoi ?..
Et la comtesse dit, souriante : Cher roi.

PRINTEMPS ROMANTIQUES

PRINTEMPS ROMANTIQUES

I

Le Prologue

Alors on s'en allait en guerre
Contre les mots, chaque matin.
Beaux pas d'armes! C'était naguère,
C'était hier. — Age lointain !

II

Une nuit d'Hégésippe Moreau

PLACE DE LA SORBONNE

Degré de cette église où, sans la mouche en pointe,
Sans la pourpre, la main cardinalesque jointe
Au fémur desséché, repose Richelieu,
Du seuil battu du vent tu fais le vrai saint lieu ;

7

Non pour le cardinal dont les pas t'effleurèrent,
Mais parce qu'une nuit où les astres pleurèrent
Tu reçus, roche plate, en grand'pitié, gratis,
L'oublié qui cueillit le bleu myosotis,
L'exilé des blés d'or regrettant la fermière.
Loin florissait Provins, loin s'ouvrait la chaumière;
La nuit s'épaississait plus froide autour de lui.
Chaque vitre où la lampe écolière avait lui
S'éteignait; là derrière était mieux que l'étude;
Des vingt ans rayonnaient, aimaient; — La solitude,
Implacable, gardait la place vide en bas.
Plus loin, parfois, coupant le long silence, un pas
Résonnait dans la rue antique de La Harpe,
Pas d'amoureux errant, de patrouille ou d'escarpe.
Le poète pourtant, à travers l'épaisseur
Des ombres, envoyait sa pensée à sa sœur
Et l'angle noir et froid devenait sanctuaire.
Qu'on ne nous vante plus le luxe mortuaire
De ton lit, vieil Armand, remords de Marion,
Qui portas la barrette ainsi qu'un morion,
Qui pris Ré, la Rochelle et combattis des reines,
Qui, sur les bords du Rhin, devanças les Turennes,
Qui frappas Marillac, Montmorency, de Thou
Et Cinq-Mars; ô petit héritier de Poitou,
Qui te fis serf ton roi, tins muet Bassompierre
Et que Corneille seul put vaincre. — Cette pierre
Est maintenant sacrée et ton marbre n'est rien
Près d'elle où se blottit, comme se roule un chien

Frissonnant sous le ciel plus froid quand luit l'étoile,
Ce chanteur du désert sans un abri de toile,
Le doux poëte à qui tout collier répugnait
Et dont le libre esprit hors l'azur trépignait.

III

Une date

Voulez-vous donc devenir advocas?
LE BANQUET DU BOYS.

Au temps où, ronds, couraient, de mode,
'Les bonnets Charlotte Corday,
Captif du linge au tour brodé,
Que devenait l'amour du Code?

Bon temps d'artifice ingénu
Où l'on coupait en deux les manches,
Pour qu'un bout touchant les mains blanches,
L'autre laissât le coude nu !

La date juste? — Entre la Seine
Et le Luxembourg rajeuni
On ne parlait plus d'Antony
Pas encor de Fanny malsaine.

Ah ! le printemps de cet an-là
Fut le plus beau depuis Bérose,
Depuis Babel, depuis la rose
Qui du paradis s'envola.

Il faisait fleurir le lyrisme.
Si diverse la terre ardait !
Le soleil ne la regardait,
Que par le trièdre d'un prisme.

Il avait de telles vertus
Que chaque heure valait des lustres ;
L'air baptisait marbres illustres
Les murs de vieux crépi vêtus.

Ce printemps emplissait les êtres
D'orgueil vital. Feuilles dehors,
Fleurs ouvertes, — que fiers alors
Les cœurs aux champs, au bois les hêtres !

Trouvant petit le Panthéon,
Nous bâtissions aux Atlantides,
Les pages des Cariatides
Étincelaient sous l'Odéon.

Alors régnait le roi Philippe,
Plaisance avoisinait Paris ;
Nos déserts étaient Montsouris
Et Meudon notre Pausilippe.

Dans les vespérales rougeurs
Montmartre en vain montait, une aile
De moulin marquant la tonnelle,
Texte aux récits des voyageurs [1].

Mais quel beau ciel était le nôtre
Du Louvre au Luxembourg fleuri !
Le Chien-Caillou de Champfleury
Ouvrait les cœurs comme un apôtre.

Le cloître Saint-Benoît chantait ;
La rue au vieux nom de La Harpe,
Prenant le soleil pour écharpe,
Vitres en flammes, coquettait.

Et le Luxembourg, quelle joie !
Arbres et fleurs, couleurs, odeurs ;
Leçons des poètes rôdeurs,
Des Musettes cherchant leur voie.

1. Vous me distes, maistresse, estant à la fenestre,
   Regardant vers Mont-Martre et les champs d'alentour :
   La solitaire vie et le désert séjour
   Valent mieux, etc.

            RONSARD, xxxvie *Sonnet pour Hélène.*

Le Montmartre idyllique a disparu. Un poète pourrait écrire
les Larmes de Ronsard.

Puis, à l'ouest des marronniers verts,
Toute une ville aérienne,
Étrange, moderne et païenne,
Les ateliers au ciel ouverts ;

L'art émancipé, romantique,
Et les artistes chevelus,
En blouses, en vestons velus,
Criant : *C'est beau comme l'antique !*

Et, vers les boulevards perdus,
Quand les nuits commençaient à vivre,
Les orchestres de folie ivre,
Les cuivres lointains entendus.

On évitait fort la Sorbonne,
Mais en face, chez Flicoteaux
Où le bœuf tordait les couteaux,
L'appétit faisait la chair bonne.

L'air sonnait comme si Mozart
L'emplît de rêves pour la flûte ;
On adorait une volute
Et l'on s'éprenait d'un lézard.

La rue où l'on errait sans cesse
Était l'école ; à chaque pas,
Les bourgeoises n'existant pas,
On rencontrait une princesse.

Point de femme qui ne valût
La grande impératrice Irène
Ou Genièvre, la belle reine
Qui fut infidèle et qui plut.

Et l'on raillait beaucoup de choses,
Sans scrupule, tant on avait
Ailleurs de foi, tant on vivait
Dans l'air bleu des apothéoses.

Et combien belle était la foi,
La simple foi, la foi sincère !
On croyait aussi nécessaire
D'avoir un peu du diable en soi.

Pleins de Claires et d'Eugénies,
Les cafés Procope et Soufflet
Étaient rutilants du reflet
De la prunelle des génies.

On trouvait Valette ennuyeux,
Mais, du Sanzie à Véronèse,
On étudiait la genèse
Du beau, délice et fin des dieux.

On ne craignait pas le bizarre,
O Grec Théotocopuli !
On ne fuyait pas le joli,
Bords dont Watteau fut le Pizarre !

Beaux dans notre adoration
Et saints, nous aimions à relire
Dans *les Sept Cordes de la Lyre*
Les lois d'or de la passion.

Chaque jour surprise nouvelle.
Qu'est-ce donc là-haut que je vois,
Disait-on ? — C'est la grande Voix,
La Courrière qui s'échevèle.

Hugo qui revenait du Rhin
En rapportait dans leurs armures
Les Burgraves aux barbes mûres,
Poitrines de fer, cœurs d'airain.

Gautier, conquérant de Séville,
Vainqueur la veille d'Ecija,
Nous livrait son butin déjà :
Zurbaran et la Seguédille.

Privat lui-même ramenait
De Smyrne, des cyprès d'Homère,
Errant chasseur de la Chimère
Qu'un jour il vainquit, un sonnet.

Passionné pour Michel-Ange
Et Titien et Delacroix,
Chercheur ayant sur lui la croix,
Baudelaire allait voir le Gange

Et nous rapportait l'albatros,
L'oiseau boiteux, battant les planches,
Mais qu'emportent ses ailes blanches
Au zénith craint du fils de Tros.

Murger, inconnu de lui-même
Et de tous, cultivait Schaunard
Et, très humain, trouvait un art
D'idéal triste en la Bohême.

Le seul poète des Normands,
Le Vavasseur, chantait l'Arnette ;
Monselet rêvait la saynète
Féroce et bouffe, et des romans.

Barthet, toujours dans la lubie
D'une maîtresse ou d'un duel,
Du fleuret galamment cruel
Passait au moineau de Lesbie.

Et le meilleur homme expansif,
Le Roscius de la Belgique,
Ricourt, d'un grand geste tragique,
Exhumait Ponsard du poncif.

Nadar, le plus loyal des hommes,
En pantalon pourpre, jetait
Son esprit que rien n'arrêtait
Au vent qui sème aux champs les pommes.

La Madelène qui s'éprit,
Flânant, de vie intérieure,
Interprétait la dernière heure
D'un Stradivarius esprit.

Loin des froides places Saint-Georges,
Des hauts Brédas ultrapontains,
Banville aux carrefours latins
Récitait l'ode à la Font-Georges.

Crubailhe qu'on voyait partir
Foudre, d'un hamac de créole,
Valait déjà, flamme et parole,
Que Lambèse en fît un martyr.

Sous des noms d'emprunt plus à l'aise,
Chennevières, oyant l'appel
Du bon discoureur Eutrapel,
Rendait pour cri : Jean de Falaise !

Laprade, auditeur du Phédon,
Avait, à travers rocs et fleuves,
Mené Psyché, par mille épreuves,
Au banquet des Dieux, au pardon.

D'autres que les antiques sources
Tentaient, et non moins altérés
Du sens des mythes éthérés,
Diversement dressaient leurs courses.

Dernier disciple de Proclus,
Ménard délivrait Prométhée.
Combien d'autres, fougue emportée,
Force morte, et qui ne sont plus !

Et ce n'est pas la mort qui seule
Tue et supprime ; on connaît pis.
Les miasmes rampants ou croupis
Ont raison d'un courage veule.

Hélas ! comment se sont éteints
Les ardents dévorant la terre ?
L'un fut préfet, l'autre est notaire.
C'est de deuil que leurs fracs sont teints.

IV

Buste en vente

A-t-elle sur la scène où la voix nous fascine,
Juive au timbre tragique, interprété Racine ?
A-t-elle, en jupe d'air, Willis, fée ou follet,
Coiffé d'un tour de pied l'orchestre ? Né Colet,
Son vers a-t-il conquis des prix académiques ?
A-t-elle fait mourir en ivresses rythmiques,

Entre Esméralda faible et Phébus libertin,
Au gré de Berlioz, un duo né Bertin?

Ni Phèdre, ni Sapho, ni Giselle; elle est l'une
De celles simplement que voit la blanche lune,
Quand le soir de Corot s'éteint, risquer des pas,
Discutés, sous les fleurs de gaz des catalpas.
Son nom, depuis dix ans chanté, monte à l'étoile
Quand la nuit sur Paris a déroulé sa toile;
Chaque heure, un démon scribe avec célérité
Libelle un nouveau titre à sa célébrité;
Un Rude a tortillé sa cambrure robuste
Et le socle est tout fier d'étaler haut son buste.

Femmes qu'attire encor le pur laurier, soyez
Voix, danse, esprit, cœur, chant, âme et flamme,— et voy

V

Fanfare sur une Fanfare [1]

De la Sorbonne qui s'effare
En ses murs écho de Plotin [2]
Tintin tintin tintine tintin,
   Au Luxembourg court la fanfare
   Des écoliers du mont Latin
Tintin tintin tintine tintin.

   C'est un air de chasse inhumaine
   Venu de Quimper-Corentin
Tintin tintin tintine tintin,
   Qui lève la bête et la mène
   Rondement sur le mont Latin
Tintin tintin tintine tintin.

   Rambuteau dit au commissaire,
   Étant préfet et puritain
Tintin tintin tintine tintin :

1. Nous n'étions pas encore assez loin d'Hégésippe Moreau
pour ne pas nous permettre quelquefois ces refrains que la poésie,
ramenée à l'école plus sévère et délicate du xvi⁰ siècle, n'admet
plus guère.
2. M. J. Simon exposait alors la philosophie d'Alexandrie.

Va pour tintin, mais trop sincère
Est le français du mont Latin
Tintin tintin tintine tintin.

Mais comme il nargue la police
Et le bourgeois, plat philistin
Tintin tintin tintine tintin,
Le chant barbare, affront, délice
Des Béatrix du mont Latin
Tintin tintin tintine tintin.

L'Odéon, les fossés Saint-Jacques,
Le mur qui fut bénédictin
Tintin tintin tintine tintin,
Aiment ces dionysiaques
Dont tremble en pied le mont Latin
Tintin tintin tintine tintin.

Il transforme en faunes les arbres
Au son du sistre et du patin
Tintin tintin tintine tintin,
Le chant qui fait bondir des marbres
Les grands hommes du mont Latin
Tintin tintin tintine tintin.

Elles troublent jusqu'en leurs chaires
Les Bartholes du droit certain
Tintin tintin tintine tintin,

Les notes aux carrefours chères
Des barytons du mont Latin
Tintin tintin tintine tintin.

Il invite à lever la jambe
Du Caurroy qui siège en Destin
Tintin tintin tintine tintin,
Ce tarentulé dithyrambe
Des chèvre-pieds du mont Latin
Tintin tintin tintine tintin.

Elle émeut le maigre Valette
Comme Oudot le cucurbitin
Tintin tintin tintine tintin,
Cette chanson qui décollette
L'austérité du mont Latin
Tintin tintin tintine tintin.

Il vole au-dessus des bastilles
Dont le clairon sonne au lointain
Tintin tintin tintine tintin,
L'air sans pitié cherchant castilles
Aux plus chères du mont Latin
Tintin tintin tintine tintin.

Puis il va conquérir l'Espagne
En traversant Romorantin
Tintin tintin tintine tintin,

Ce chant que la trompe accompagne,
Le nocturne du mont Latin
Tintin tintin tintine tintin.

VI

La rue de Condé

Nom de Condé, tu demeures
Marqué dans le souvenir
Des misères les meilleures
Qui ne peuvent revenir.

Je t'aime, non pour Corneille
Protégé, non pour Rocroi,
Ni pour Chantilly, merveille
A donner envie au roi;

Je t'aime pour cette rue
Par toi haut sonnante; elle est
Douairière, et la verrue
Sous ses peluches se plaît;

Mais en haut est la fenêtre
De cet hôtel Joseph-Deux [1]
Qui vit mourir après naître
Tant de projets hasardeux ;

Puis en bas, — dois-je en instruire
La sage postérité ? —
Un trottoir fait pour conduire
Vers un mont-de-piété [2].

VII

Un retour au quartier

> C'estoyt passe temps celeste les **veoir ainsy**
> soy rigouler.
>   RABELAIS, *Gargantua*, I, 4.

Les assiettes de Flicoteaux
Tintent encor dans nos mémoires.
Et les vins donc, de quels coteaux
Tombaient les vins chez Flicoteaux ?
Rouges, blancs, de modérés taux,
Teignaient-ils le lin, quelles moires !
Le Suresne de Flicoteaux
Vaut tout Bordeaux dans nos mémoires.

1. Nº 36. — 2. Nº 7.

Ores Flicoteaux est Martin
Pour les gens qui sans crainte avalent.
Il a le même Chambertin,
Flicoteaux devenu Martin.
Dans tous les cas, il est certain
Que ses habitués nous valent.
Ores Flicoteaux est Martin
Pour les gens qui sans peur avalent.

Ses habitués ont vingt ans;
C'est nous valions qu'il faudrait dire.
Ils ont les rires éclatants
Et les tristesses des vingt ans;
Point de fronts accusant le temps
D'oultrage, de froidure ou d'ire.
Ses habitués ont vingt ans,
C'est nous valions qu'il faudrait dire.

Mais d'hier Martin se voit hanté
Par des gens sages en vacances,
Par tout un monde bien planté,
De morgue honnête ayant planté
Et ce décorum de santé
Qui témoigne des impeccances;
Enfin voilà Martin hanté
Par de bons juges en vacances.

Magistrats durs aux criminels,
Ils remémorent leurs fredaines :
« Assez nous fûmes solennels.
Arrière avec vos criminels,
Réquisitoires éternels !
En avant les faridondaines !
Magistrats durs aux criminels,
O neiges d'antan ! ô fredaines ! »

Ils viennent là tous décorés,
Traînant parfois leur femme laide.
Pareils aux cadres mal dorés,
Ils viennent là tous décorés.
Ils sont pourtant, ces timorés,
Du temps des lames de Tolède.
Ils viennent là tous décorés,
Chacun sans femme, sinon laide.

Le jour que j'entrai chez Martin,
Moi, portant déjà barbe grise,
J'en ai reconnu, pour certain,
Plus d'un de notre ancien Martin,
Flicoteaux premier. Le tintin
Du lieu faisait leur teint cerise.
Le jour que j'entrai chez Martin,
Moi, portant comme eux barbe grise.

Un, grave et chauve, examina
Autour de lui le papier rouge;
Son œil d'un trait s'illumina.
Qu'est-ce ainsi qu'il examina?
Une ombre?.. Un souvenir? Nina
Prise aux violons de Montrouge?...
De quel œil il examina
Autour de lui le papier rouge!

Léguons Flicoteaux et Martin
Au respect des races futures!
Noms sauveurs du pays latin,
Mêlons Flicoteaux et Martin
Comme au beurre de leur gratin
Nous mêlions nos littératures;
Léguons Flicoteaux et Martin
Au respect des races futures!

L'ÉCLIPSE

L'ÉCLIPSE

I

Le Prologue

Les jours noirs sont venus sur les foules hagardes
Et les sonneurs de vers ; et, seuls, le pistolet
Au pommeau clair, la lame et l'acier des Cent-Gardes
Passent sur un fond noir d'atroce Espagnolet.

II

Au pays latin[1]

> Paouvres clercs de ceste cité.
> F. VILLON.

Vieux monts, ruisseaux, étroites rues,
Vieilles maisons à pignons hauts,
De siècle en siècle disparues
Avec les clercs et les ribauds ;

---

1. Publié en 1866 dans les *Airs de flûte sur des motifs graves.*
— Quelques corrections dans ce volume.

Saints taudis où se fit la France,
Où le monde a vu l'espérance,
Lampe du travail obstiné,
Luire au-dessus des temps à naître,
C'est à vous que nous devons d'être,
Le peuple mûr, le peuple aîné.

Le mont de Geneviève encore
Quand Montmartre a perdu ses champs,
D'un sommet lumineux décore
La ville bête des marchands.
Le grand mont par-dessus l'ardoise
De la capitale bourgeoise
Éclate, orgueil du vrai Paris;
C'est lui que le monde regarde,
Lui que l'espoir aime, et qui darde
Aux esprits l'éclair des esprits.

Tous les temps ont fait même rêve :
La jeunesse héroïque, ouvrant
La porte au soleil qui se lève
Et la salue... — Échec navrant !
Le soleil entre ; l'humble foule,
Sous ses yeux dédaigneux, s'écoule
Comme les foules des vieux temps,
Et l'*Attollite* qui se trompe
Finit, meurt, comme un son de trompe
Au fond des bois, sur les étangs.

Pour nous, fils polis de Virgile,
Sauf l'art, n'estimant beaucoup rien,
Nous suivions Galatée agile
Autour du Luxembourg païen.
Et pourtant, de nous seuls encore
Parfois part un feu qui dévore
Le carton du faux Palatin,
Ou se détache, tête haute,
Pour bien mourir, un frère, un hôte
Du mont sacré, du mont Latin.

Des meilleurs, des fins, l'âme pleine
De toutes les saines ferveurs,
Sortit le doux La Madelène,
Le plus obstiné des rêveurs.
Il donna son souffle et sa vie
A la double cause servie
Par lui, cœur, âme, volonté,
Et, dans sa pâleur de prophète,
Nous luisent ses yeux, trouble-fête
D'un monde abject, ivre, éhonté.

Des languissants sortit Crubailhe [1],
Fort tout à coup entre les forts.
Pour un avenir qui travaille
D'autres encor, cœurs en dehors,

1. Transporté en Afrique après le coup d'État, et mort à Lambessa.

Sortiront. Ce sont les élèves
Que l'esprit a nourris de rêves
Sur le vieux mont génovéfain,
Corps ainsi qu'âmes invincibles,
Ceux que la soif trouve impassibles,
Ceux qui savent souffrir la faim ;

Ceux pour qui tambours et cymbales
Ne sont que peau, métal, vains bruits ;
Ceux qui sauraient offrir aux balles
Des cœurs au dévouement instruits ;
Ceux qui s'arment pour la bataille
Terrible, où disparaît la taille
Des plus grands hommes du canon ;
Pour la lutte où les vertus sûres,
Non la chair offerte aux blessures,
Font les martyrs, fils de Zénon.

Ah ! triste ! il faut qu'on se l'avoue...
Si le monde a droit à l'espoir
Tant qu'un seul croyant qu'on bafoue
Sauve en lui, pieux, le devoir,
Où compter ceux qui seront dignes
Des seules victoires insignes
Qui vaient un culte aux vainqueurs ?
Il n'est, sans vertu, de mérite ;
Dans le devoir sacré, qu'irrite
L'horreur des cœurs bas, haut les cœurs !

III

Baratte[1]

Votre immunité, nuits, suspecte, est violée.

O pauvre noctambule, âme tout étoilée
Par les astres du ciel et par les becs de gaz,
Bohème de Paris, de Bagdad, de Chiraz,
Privat, tu sus mourir lorsque la fantaisie
Perdit l'aile, et quand, par des poings honteux saisie,
La Muse aux rouges seuils vit traîner ses pieds blancs.

La ville a desserré sa ceinture; ses flancs
S'étendent maintenant de Montmartre à Plaisance;
Dans sa robe de murs flottent avec aisance
Monceaux où retentit le canon de Moncey;
Charonne en clair soleil sur le cyprès foncé;
Passy, chevaux sellés pour les essais équestres;
Mont-Parnasse, les nuits flambantes, les orchestres;
Ivry, Bercy, les ports bourguignons du bon vin;
Mais stérile croissance, élargissement vain!
La mort est dans le cœur de la cité célèbre.
Par quel lai lamentable et par quel chant funèbre

1. Un ordre venait d'obliger Baratte à fermer à minuit, pour ne rouvrir qu'à l'heure matinale où les maraîchers arrivent à la Halle.

Sur elle pleureraient Villon et Julien;
L'un, le César relaps au culte délien,
Et qui fut (il rêvait d'Athènes dans les Gaules)
L'impérial parrain du bourg sorti des saules;
L'autre, le gueux criant : Miséricorde à tous!
« A toutes gens merciz! » le poëte, plus doux
Que les docteurs ès droit laïque ou canonique;
L'oreille, écho railleur du battant sorbonique;
Et l'oncle de tous ceux qui, le cœur libre et nu,
Ont l'archi-sacro-sainte horreur du convenu!

Un coin restait encor du Paris du vieil âge,
Du Paris de dix ans, comme un bout de feuillage
Dans le bois de Boulogne, et voilà que le scel
D'un vertueux préfet nous interdit le sel,
Le pain, le vin, la chair, sous la dernière enseigne
« Où tenions nostre estat », dont moult le cœur nous saig

Sur les trottoirs étroits du vieux quartier latin
On avait vu s'éteindre, et par ordre, un matin,
Pour la dernière fois la clarté paresseuse
Qu'allumait à minuit la brune rôtisseuse;
Mais Baratte restait; le dernier Ramponneau,
Le dernier *Plat d'estaing* [1]. Un éternel tonneau

1. Ils se bouterent tous à tas
   A l'enseigne du Plat d'estaing.

REPUE FRANCHE, v. 996 de la 2ᵉ *Repue.*

Versait un éternel chablis sur des plats d'huîtres
Derrière les poulets ornementant ses vitres.
Baratte a vu fermer ses cabinets mal clos
Où le monde passait depuis Chodruc-Duclos,
Le droit, l'art, l'Institut; d'où, par l'huis, la lumière
Filtrait, comme à la Mule où la belle Heaulmière
Entendait : Boutte, *ergo,* beuvons, *lætabimur,*
Entre le bris d'un verre égaré contre un mur
Et l'envoi déguisé d'un rondel triste ou tendre.
A travers les cloisons, nous, nous pouvions entendre
Kant, Hégel discutés, et des discours très chauds
Ici, sur Delacroix, là, sur les artichauts,
Ou, contraste, à côté des ébrieuses luttes,
Des récitations de vers, douceurs de flûtes;
Et cela même à l'heure où le crime d'État
Veille et guette! où Dupin se dit : « Être apostat
Ou ne rien être »; où dort, sonore et gras, Prud'homme !
Et tout est pour le mieux, et la morale en somme
Triomphe par la nuit comme l'ordre aux lieux morts,
Et le *Te Deum* court dans les airs, sans remords.

IV

A l'architecte

QUI CONSTRUIRA L'ANNEXE DE LA SORBONNE

DANS LE CLOÎTRE SAINT-BENOÎT

Maçon, quand tu feras pour la salle éloquente
Creuser le sol d'où doit surgir avec l'acanthe
Le pilastre qu'emprunte à Corinthe Paris,
Si reviennent au jour quelques osseux débris,
Suspends le pic, arrête et courbe-toi ; recueille,
Pieux, ces grands témoins. Sur ce crâne la feuille
De Delphes a flotté. Cet autre, un jour orné
D'une blonde annelure, eut, dans un charme inné,
Grec, quoique baptisé du nom de Madelène,
Avant les cheveux blancs d'Hécube, ceux d'Hélène.
Cet autre, un peu massif, de doctoral format,
Fut un temple des lois sous le nom de Domat.
Cet autre a dirigé la main qui fit descendre
Des toiles de Lebrun les guerres d'Alexandre
Sur les cuivres signés Gérard Audran. Celui
Qu'emplit ici la terre, en ses creux noirs ont lui
Les yeux d'Ictinus sage, et les fûts blancs du Louvre
S'y sont dressés d'abord. Un monde se découvre

A côté, dans cet autre; et ce monde-là, c'est
Celui de Mère-Grand et de Petit-Poucet.
Ces deux crânes ont dû faire semblable tête.
L'un est d'un architecte et l'autre d'un poëte,
Et les deux ont pour noms Claude et Charles Perrault.
Un dernier sinciput ; celui-là plus faraud,
Galant, même éloquent, selon qu'on l'étudie,
Présente front tragique ou dent de comédie ;
C'est celui de Baron qui craint fort tout marteau
Depuis qu'on a cloué sur sa tête un tréteau.
Quel enfer pour ce crâne où l'esprit de Molière
Et celui de Racine avaient mis leur lumière
Et leur timbre, d'ouïr, de dessous le tremplin
Du plancher mal uni, jaspiner Pelvillain
Ou rugir, en roulant les R R, monsieur Navarre !
Ah ! ce sol de leçons ne doit pas être avare.
La chaire qui sera sise en ces lieux saura
Qu'elle est en terre grecque et française, et devra,
S'estimant sainte, avoir le respect d'elle-même.
Car la salle sera construite en plein poème ;
Les ombres qui viendront errer en ses parois
Auront de dignité plus que n'en ont les rois.
Dorat sera l'ἄναξ ἀνδρῶν de ceux de France
Et sa fille sera Sapho, moins la souffrance
Et plus l'honnêteté. Les sciences, le droit
Ressurgiront partout du sol de Saint-Benoît.
Mieux encor reviendront, constellés de spinelles,
Les peuples de Perrault, jeunesses éternelles,

La Belle au bois dormant, Peau d'Ane, Cendrillon,
Et Riquet conviant au royal réveillon
La Barbe-Bleue et l'Ogre à gueule colossale.
Ah ! certes, les savants dotés de cette salle,
Très doctes, ne pourront être lourds ; — C'est Perrault
Qui malmènerait bien ces modernes de haut ; —
Ni pédants, — Cendrillon leur prêtant son haleine ; —
Ni mal mis, — se sentant si près de Madelène ; —
Mais ils sauront du grec autant qu'on l'eût voulu
Aux temps hellénisants de Nicolas Goulu [1].

V

La défense du jardin [2]

Voici le bon jardin qu'on aime.
Si, là près, luit sur son Conseil
Troplong sans barbe, faux duc Naime,
Ici préside le soleil.

1. *Nicolaus Gulonius, Aurati gener, Regius quoque Græcarum Litterarum Professor,* etc., enterré aussi dans l'église Saint-Benoît.

2. Vers envoyés en 1866 à M. V. Fournel qui défendait alors avec persévérance le jardin du Luxembourg, menacé de mutilations.

Là, le Sénat; sous cette horloge,
Le gloussement officiel;
L'arbre ici, debout pour l'éloge,
Chambellan, — chambellan du ciel.

Car ce jardin n'a pas d'idole,
Pas de maître, de tyranneau,
Prince ou pédant; La Mirandole
Ne vaut pas ce petit moineau.

Nous avons devant nous le monde...
Le Panthéon, tout poudroyant
Dans la brume d'or qui l'inonde,
Et qu'au croyant prend le croyant,

Dit l'histoire, attendant l'histoire;
Un jour, temple pour Mirabeau,
Et, le lendemain, vomitoire
Dans l'égout vidant le tombeau.

Autour de nous, de tous les âges,
Sortent des reines, de beauté
Ou de couronne, blancs visages,
Le marbre en moires, tuyauté.

Nous retrouvons dans ces allées
Nos aspirations, départs
Vers l'inconnu, fuites ailées...
Nos peines, les meilleures parts

9

Des enseignements de la vie ;
L'inquiétude, l'aiguillon ;
La petite aile poursuivie
D'une chimère papillon ;

Et toute la corbeille ouverte
Des amourettes de vingt ans,
Fleurs dont la collerette verte
Tournait au souffle du printemps.

Et les projets d'œuvres, mirages
Grandioses, laissant, hélas !
L'amer regret dans nos courages
Tombés, brisés, lâchement las.

Dans ce parc tranquille où se heurte
Aux fleurs Lefebvre-Duruflé
Que nous peut Boulay de la Meurthe
Ou Magnan, veneur essoufflé ?

Contrastes et similitudes ;
Fleurs passives, mâles bourdons ;
Les opposés sujets d'études
Se font vis-à-vis ; — regardons.

Sur le bassin courent des flottes
Que suit un vigilant souci ;
Elles vont au vent sans pilotes ;
Les illusions vont ainsi.

L'océan, calme en sa margelle,
Vient d'Arcueil et garde en frissons
L'ombre qu'à Verrières flagelle
Le vent tourmenteur des buissons.

Maintenant, il rit sous des cygnes
Souvenirs vivants de Léda,
Dans les voisinages insignes
De David et de Velléda.

Ce n'est point ton lac de Lucerne,
Walter Fürst, ni celui qu'Hallweil
A teint de sang, mais on discerne
Sous ses eaux le cyprin vermeil.

C'est mieux, c'est dans la pétulance
Des cris, des jeux, vie au tableau,
La foule enfantine qui lance
Tant de trois-mâts penchés sur l'eau.

Cherchons le désert; loin des marbres,
Loin des cris, écoutons les voix
Des fins arbustes, des grands arbres
Dont l'esprit est celui des bois.

Les lilas, tout en fleurs, en savent
Plus que des abbés violets;
Près des roses qui se dépravent
Les lis redressent leurs collets.

Près des filles aux lestes basques
Qui vont danser derrière Ney,
Ainsi fait gloire de ses frasques
Un grand dadais pas trop mal né.

Pour leurs voisins d'âge plus tendre
Les marronniers sont sans dédain
Et penchent, pour s'en faire entendre,
Leurs feuilles, orgueil du jardin.

Les bois vantés de Romainville,
Maintenant bâtis en faubourg,
Ne valent plus, hors de la ville,
Cette forêt du Luxembourg.

Mais l'ombre, l'eau, les fiers lis mêmes
Ne sont pas tout ; nous possédons
Des coins vers les grilles extrêmes,
Charmants, gardés par des chardons.

Malicieuse avec l'air nice,
Cœur d'or cher aux cœurs indulgents,
La marguerite, pythonisse,
Y vaticine au gré des gens.

L'herbe à Paris fait des idylles !
Grief gros de fortes raisons.
Rougissez, pudeur des *Ediles !*
Plantez sur les fleurs des maisons.

Que la pierre de Creil s'exalte
Entre les échafauds montants !
Écrasez sous le noir asphalte
Les fleurs coupables du vieux temps.

Certes, notre mémoire laisse
Ce palais, en palais qu'il est,
A l'histoire, et toute faiblesse
Des trois lis d'or à Michelet.

De la grande Mademoiselle
Point ne nous chaut ; il nous dit peu,
Le Lauzun qui l'aima par zèle
De calcul, de gloire et de jeu.

Oublions la bonne Régence
Et la duchesse de Berry
Et Riom ; couvrons d'indulgence
Ce temps des deux abbés Fleury.

Nous avons bien mieux. Poésie
Et roman se sont ici plu.
Voilà bien la place choisie
Dans les livres, l'univers lu.

Murger a promené Musette
Dont un orgue rythmait le pas
Dans ce sentier ; plus loin Cosette
Rêvait, ne se détournant pas.

Foulons donc d'un pied doux le sable
Sacré bientôt comme un proscrit,
Où se promène, impérissable,
L'œuvre vivante de l'esprit.

Quelle immense et féconde joie
Jette à l'œil d'études épris
Le spectacle qui se déploie
Dans ce milieu du vrai Paris !

L'halluciné de rigorisme
Ou d'absolu, l'esprit ailleurs,
S'avance d'un pas d'aphorisme,
Sans redouter des yeux railleurs.

Le savant passe avec son livre
Et son problème ; le bourgeois
Moins lourdement se prend à vivre
Dans cet air de si léger poids.

Les poètes ! Dans cette aurore
De la Sorbonne et des lilas
Il en pleut... Il en reste encore
Quand vient l'été..., combien, hélas ?

Hélas ! combien que l'astre attire,
Sentent, pris au sol, retenu,
Leur pied lourd d'ægipans ; martyre
Que Marsyas n'a pas connu !

Plus haut sont les vrais dignitaires,
Les meilleurs maîtres de ces lieux;
Ils ont rempli de monastères
Les arbres chers aux anciens dieux.

Asiles francs, ces hautes cimes!
Vous ne craignez, ô bons oiseaux,
Pour vos gazouillis clarissimes
Avertissements ni ciseaux.

Vous ne connaissez pas la honte;
Votre langage est donc puissant;
Vous chantez le matin qui monte,
Vous chantez le soir qui descend.

Contre le décret qui mutile
Vos domaines, troncs et rameaux,
Élevez l'hymne, ardent, hostile;
Vouez le dur maître aux durs maux.

VI

Une éclaircie

LES DÎNERS DU LUNDI

Elle est la table de Magny
   Terrible et haute ;
Ses pieds plongent dans l'infini.
   Là, côte à côte,

Devant le nectar généreux
   . Et l'ambroisie,
Les immortels causent entre eux
   De poésie

Et du monde, de l'apparent,
   De l'insondable
Et de l'invisible, parent
   Du formidable ;

Des flots d'âge que le temps but
   A gorge ouverte ;
De ce qui doit être ; du but ;
   D'une huître verte.

Sainte-Beuve, très souriant
        Sous sa calotte,
Aux mets, aux mots, goûte en friand,
        Roule, pelote.

C'est lui qui touche d'un fouet prompt
        Et qui dirige
L'entretien à quatre de front
        Comme un quadrige.

Sand, on croit voir sur vos cheveux
        Une couronne;
Un respect tendre de neveux
        Vous environne.

Vous ne livrez que des mots courts
        Qu'on peut écrire.
Quel juge attendu des discours
        Votre sourire!

Gautier, craignant, bien qu'aux dieux cher,
        Deux mis sur onze [1],
Dit comment il mit dans sa chair,
        Du fer, du bronze,

---

1. M. J. Claretie, causant du dîner Magny, a écrit — *Temps*
du 25 janvier 1881 — : « Sainte-Beuve et Th. Gautier ne suppor-
taient pas de se voir treize à table. » — Gautier faisait parade de
sa faiblesse, mais Sainte-Beuve ne la partageait en rien.

Avec de bon vin de Bordeaux ;
　　Et ses épaules
Porteraient en légers fardeaux
　　Astres et pôles.

Onglé de gueules, rostré court,
　　Vif, non frivole,
Le mot, entre les deux Goncourt,
　　Fraternel vole.

Flaubert, vertu de sanglier,
　　Force rouée,
Rudesse honnête, en tout hallier
　　Fait sa trouée.

Taine jette à flots, de sept fonts,
　　La politique,
La morale prise aux tréfonds
　　Et l'esthétique.

Nefftzer, le bon Alsacien
　　Tout Français d'âme,
Passionné tacticien,
　　N'a qu'une Dame

Qu'il sert en preux d'autorité
　　Et de science,
Forte Dame, la Vérité
　　D'expérience.

Renan, peintre comme Decamps,
    Dit les usages
De l'Orient, les goums, les camps,
    Les paysages.

Il sait à fond, spirituel,
    Le scarabée,
Le Per-em-hrou, tout rituel,
    Job, Bethsabée.

Charles Choiecki dit les fiords,
    Le hâle intense
Que souffrit aux polaires bords
    La Reine Hortense.

Scherer, qu'en la Bible nourrit
    L'exégétique,
Se plaît aux recherches, sourit
    A la critique.

Usant de fours, de chalumeaux
    Et d'orichalque,
Saint-Victor débite en émaux
    L'Inde, — et la calque

Avec le même amour qu'il a
    Pour l'Ionie,
N'aimant pas moins le kokyla
    Que Polymnie.

Baudry, que la Perse mitra
    Sous Zoroastre,
Parle pur zend au dieu Mithra,
    Sanscrit à l'astre

Que paît d'hymnes Viswâmitra;
    Puis fait un conte,
En vieux grec, à Klytaimnestra
    Mieux que Leconte.

Bouilhet songe, honneur des Normands,
    Soit à tes larmes,
Aïssé, soit aux murs dormants
    D'Amboise en armes.

Chennevières parle très peu;
    Il imagine
Un conte noir, un récit bleu,
    Romain, Georgine.

Il rêve aussi, de langue oisif,
    Le docteur Veyne.
Veillez bien; son œil incisif
    Guette la veine.

Berthelot, lui, c'est le savant
    Qui marche, marche,
Sans peur, sans s'arrêter devant
    L'idole ou l'arche;

Qui force à parler l'élément,
    L'éther, l'étoile,
Et déchire le firmament
    Comme une toile.

D'Alton, sans yeux, débris fringant,
    Dit ses cascades,
Ses fugues de pair, d'élégant
    Aux barricades.

L'entretien se hausse, évoquant
    Les citharèdes,
Et voilà debout quand et quand
    Les grands aèdes.

Homère semble, ayant au flanc
    La lyre courbe,
Prêt à dire Hélène au pied blanc,
    Ulysse fourbe,

Achille au repos menaçant,
    Priam, Cassandre,
Ou, près du flot retentissant,
    Les nefs en cendre.

Pindare arrive, pieds poudreux,
    Des jeux isthmiques;
Horace de Tibur, heureux
    Des jeux rythmiques.

Eschyle écoute, crâne nu,
    Près d'Hésiode,
Le vieil Anacréon chenu,
    Joueur de l'ode.

Théocrite amène en berger
    De Syracuse
Virgile qui, d'un vers léger,
    L'a pour excuse.

Mais le chantre de Troie en feu
    Devant Homère
Se redresse, beau comme un dieu ;
    Il dit la mère

Des Ænéades et Didon
    Qui deux fois brûle,
Le rameau, sibyllique don,
    Nisus, Iule.

Lucrèce, libéré des dieux,
    Sachant les causes,
Promène sa liberté d'yeux
    Sur les psychoses.

Sapho, dont on a jasé tant,
    Pâle accusée,
Se tient modeste, se sentant
    Dépaysée.

Les modernes viennent aussi,
    Foule choisie ;
Voici la science et voici
    La poésie.

Pascal et Spinosa, la main
    Dans la main ; Wille,
Dante, Molière tout humain,
    Rois pour des mille

Et des milliers de dix milliers
    D'âges, de lustres ;
Grands, c'est-à-dire familiers,
    Simples, illustres.

Ils sont là tous ; on les entend ;
    Ils reconnaissent
Autour du banquet qui s'étend
    Des fils qui naissent.

Il manquerait à ce banquet
    Un diadème
Si des Olympes lui manquait
    Le dernier dème.

Les dieux en mitre et les dieux nus
    Dans la fumée
Descendent au dessert ; venus
    De l'Idumée,

De Babylone, de Memphis,
  De l'Aryane;
Dieux grands parmi les dieux tes fils,
  O Bactriane,

Ceux qui crûrent mystérieux
  Au fond de l'Inde!
Ceux qui rendirent glorieux
  Le front du Pinde!

Pour l'antiquité des aïeux
  Qu'ils se réclament,
Pour les plus vieux temples, ces dieux
  Jaloux s'enflamment.

Le tchakra vole, l'éclair part;
  La flèche grêle
Siffle; et les mortels prennent part
  A la querelle...

Sainte-Beuve, le sourcil fin,
  Sourit; il taille,
Strie et jette un mot qui met fin
  A la bataille.

VII

Paris brûlé

PRIS DU PONT NOTRE-DAME

Les fleurs sont sur le pont ; au-dessous l'eau sinistre
Roule, haute, un ton plat d'ocre mêlé de bistre,
L'orage ayant traîné, de la plaine et des monts,
Dans son flot outragé la couleur des limons ;
Trait faible dans le deuil immense de la ville.
Parmi les noirs bûchers de la guerre civile
L'œil qui suit cette eau craint l'horreur des alentours.
Là, le treizième siècle avait laissé deux tours
Gardant le souvenir des nuits où, dans ses rêves,
Un roi voyait bleuir la mer, blanchir tes grèves,
Verte Sidon. — Des tours, l'une tremble en l'azur,
Décapitée ; et l'autre, éventrée, a son mur
Tout charbonné du feu qui rompit sa fenêtre.
Tout auprès, un amas confus. Le ciel pénètre
Par les toits effondrés, dans les parois debout,
Par les portes, parmi les longs couloirs. — Le tout
Ressemble à quelque immense et fantastique cible
Jouet de canons Krupp de calibre impossible.

10

Comment dire : « Le juge avait son siège ici?
La police, veillant en ce fond plus noirci,
Gardait la ville?... » En face, un théâtre, le rire
Et la danse et le chant, s'ouvrait; comment décrire
Ce bloc informe, roux, par les flammes mordu,
Arche ouverte, réseau de fer, vide et tordu?
Loin, là-bas, — l'œil voudrait s'obscurcir, — est le Louvre
La Renaissance ! En vain l'art éternel le couvre.
Une brèche montrant au ciel un coin sacré
De l'antre somptueux, du trésor vénéré,
Ferait pâlir le ciel d'envie; autant que Rome
Ce saint dépôt contient de noblesse de l'homme;
Et le feu l'a touché. — Miracle ! A peine au seuil
Des chefs-d'œuvre, ce feu, que rien n'arrête, orgueil
Ni deuil humain, pieux, est tombé de lui-même,
Laissant à l'homme seul le crime et le blasphème.
Plus loin, désastre encor; ayant pour fond l'azur
Pâle, mais caressant leur premier dessin pur,
Montent, rousses du feu, Valois, vos Tuileries,
Toits tombés, pignons droits, sans fenêtres fleuries,
Sans drapeau. — Du côté d'où le fleuve descend
Même deuil. Ce grand bloc, hier incandescent,
Assombrit l'air; c'est là que fut l'Hôtel de Ville.

Tel le tableau.

           Ninive, où la foule servile
Se ruait sous des rois dont s'est perdu le nom;

Thèbes, où se pressaient les dévots de Memnon ;
Memphis, couchée en sphinx près de la pyramide ;
Babel, où le soleil cuisait la brique humide ;
Ont-elles jamais eu la douleur de sentir
Cette rage de fils à les anéantir ?

VIII

L'épilogue

LES JOURS NOUVEAUX

Après l'hiver, le froid, la mort, les noirs désastres,
Le soleil reparaît, seul roi couronné d'or ;
Ce mois est prairial qui rend la joie aux astres.
Verrons-nous floréal ? Aurons-nous messidor ?

LA RUE

LA RUE

I

La rue

La rue est le musée incomparable. — Rome,
Paris, Naples, Florence, et les villas qu'on nomme
Médicis ou Borghèse, et Bruxelles, Anvers,
La Haye, ont des salons moins vivants, moins divers,
Que la rue où descend, halète ou se promène,
En labeurs, en loisirs, toute la vie humaine,
Joie et douleur, misère et luxe, oisiveté
Et travail, comédie et drame, la beauté
Des dévouements auprès des laideurs égoïstes
Et la grâce parmi les difformités tristes.
— La grâce qui sourit, la grâce qui guérit,
Douce aux yeux, secourable au cœur, saine à l'esprit,
La grâce est dans un fer de grille, dans une arche
De pierre ouvrée ; elle est dans la femme qui marche,
Dans un groupe qui cause. Un promeneur doué
Saisit le charme au vol, le geste non joué,

Et du seuil d'un café, des hauts degrés d'un temple,
L'oiseleur des hasards longtemps suit et contemple
Une taille légère et flexible, ondulant
Sur un nœud rose, au gré du pas rapide ou lent.

La rue Saint-Jacques

Veine fuyante et serpentante
A défier plume et pinceau,
Ton souvenir ancien nous tente,
Ruisseau contenant un ruisseau ;

Un ruisseau vénérable, unique,
Ayant vu peut-être Héloïs,
Les docteurs de surnom en *ique*
Et les rois du nom de Loys ;

Noble par les siècles, turpide,
Glorieux, d'un partage égal
Coupant les grès, plongeant rapide,
Gras, légendaire, un pur régal.

Siècles treizième et quatorzième,
Il baigna vos jardins rêvés,
Ce ruisseau ; la Rose elle-même
Du Roman gît sous ces pavés.

Car, maître ès doctrine et parole,
Jean Clopinel ici rima [1],
Jean, l'Ovide Savonarole
Du temps où Marguerite aima,

Le niveleur naturaliste,
De visage assez solennel,
Le subtilisant symboliste,
Le théologien charnel,

Qui, n'ayant science ignorée,
De fable en mythe, dirigea
Dante lui-même vers l'orée
De la *selva selvaggia*.

Rue, à qui suit des yeux ta pente
Du Val-de-Grâce au Petit-Pont,
Et s'enquiert, un bout de charpente,
Une brique à peine répond.

1. Un médaillon de marbre sera placé sur la façade de la maison
portant le numéro 218 de la rue Saint-Jacques, bâtie sur l'empla-
cement de celle qu'habita le poète Jehan de Meung. — *Journaux*
de janvier 1881.

Il doit, le poète qui t'aime,
En son esprit te rebâtir
Rêve entre les rêves; de même
Flaubert refait Carthage ou Tyr.

Essayons; point n'était avare
Ce quartier d'autour Saint-Benoît
D'écoles, Cambray sous Navarre,
Cholets sur Plessis, toit sur toit.

Que d'habits longs en cette rue !
Licenciés, docteurs fervents,
Clergeots, quantes l'ont parcourue !
Églises, quantes ou couvents !

Ces collèges ont une histoire,
Les cloîtres en ont une aussi;
Les sépulcres sous l'offertoire
S'éveillaient, tressaillaient. — Ici...

Ici dormaient dans la chapelle
Des Jacobins, ces inconnus,
Des rois, compains de ceux qu'appelle
Le temps juste les parvenus.

Près des titres chargeant de prose
Les marbres, faste blanc du deuil,
Jean de Meung rêvait de la Rose,
De Faux-Semblant, de Bel-Accueil;

L'Horace de la villanelle,
Jean Passerat qui mit des pleurs
Dans la chantante ritournelle
Demandait seulement des fleurs

Pour son tombeau[1]. Tombes princières,
Ce voisin faisait votre orgueil,
L'honneur des royales poussières,
Étant de ceindre son cercueil.

La rue était toute musée,
Bibliothèque; les auvents
Rassemblaient la foule amusée
Des ignares et des savants.

L'image sainte et la profane,
Le livre, sage ou fou, guettaient,
Sous l'allégorie épiphane,
Les curieux qui s'arrêtaient.

En cette « grant' rue », *A l'Ymaige*
De sainct Claude, un prélat mitré
Recommandait *le Grand Voyaige*
De Jherusalem, — illustré.

1. Discipuli memores, Tumulo date serta magistri,
   Ut vario florum munere vernet humus.
   Hoc culta officio mea molliter ossa quiescent;
   Sint modo carminibus non onerata malis.
   Épitaphe de J. PASSERAT, *par lui-même.*

La Rose blanche couronnée
Abritait, traduit du latin [1],
Boccace d'aimable lignée [2],
Natif de Paris, Florentin.

Richard Breton, *à l'Escrevisse*,
Publiait ce rosier cruel,
Vicieux, la terreur du vice,
Les Songes de Pantagruel.

Et la divine œuvre du Dante
« Mise en ryme françoise » était,
Au Soleil d'Or, l'aube, l'andante,
Précédant le jour qui montait.

Jacques Coras, de foi naïve,
Plus tard faisait, *Au Lion d'Or,*
Pénitente, pleurer Ninive...
Que d'autres non moins morts encor !

Après les livres, les gravures ;
Ensemble plaisir des esprits

---

1. *De genealogia Deorum.....* Cy finist Jehan Boccace de la généalogie des dieux. Imprimé nouvellement à Paris, l'an mil CCCCC cent trente et ung, le xxvie jour de septembre, pour Philippe Le Noir, libraire, demeurant à la grant rue Sainct-Jacques, à l'enseigne de la Roze couronnée.

2. Né d'une jeune fille de Paris, facile comme le *Décaméron.*

Et joie aux yeux! l'or des nervure
Sourit aux estampes de prix.

Ici dans les courantes tailles
D'Audran, le graveur magistral,
Lebrun reconnaît ses batailles,
Triomphes du décor mural.

Laurent Cars, de caresse heureuse,
De délicat et fin toucher,
Là, fait goûter Lemoine, Greuze,
Watteau, de Troy, Rigaud, Boucher.

Le Vasseur, de burin facile,
Expose chez Noël; voyez
Au Temple du Goût, domicile
De Beauvarlet, les deux Voyez.

Aux deux Pilliers d'Or, les images
Légères du temps Pompadour
Coupent d'écussons les hommages
Criant famine aux grands du jour.

Un peu partout, en marges riches,
Sortent des livres les Binet,
Les Bernard Picart, les Desfriches,
Les Watelet et les Monnet,

Les Marillier, les Bonneville,
Les Gravelot et les Saint-Non,
Les Cochin, les Eisen, les Wille,
Les Fragonard et les Denon,

Les Saint-Aubin. — La rue est sainte ;
Sur elle flotte l'étendard
Que l'avenir gonfle ; elle est ceinte
D'un cordon de science et d'art.

O rue antique, une des mères
De la France, il me fut permis,
Mauclerc d'études éphémères,
D'aimer tes seuils au pic promis.

Des préfets, des goths de l'équerre,
Sont venus ; ces démolisseurs
T'ont, sans pitié de l'antiquaire,
Mise en coupe ainsi que tes sœurs.

Maisons vieilles des vieilles rues,
Combien ès cours et tribunaux
De bons juges, mines recrues,
Se remémorent vos panneaux,

Vos portes de deux doigts mal closes
Et vos escaliers, graves d'ans,
Où l'on trouvait des souliers roses
Retour de danse, affriandants !

III

La toile

SOUVENIR DU BOULEVARD DU TEMPLE

Dans le fond de la toile un grand palais s'élève ;
Le fantasque y poursuit le classique caduc ;
C'est une architecture à rendre fous en rêve
Ictinus et Vitruve et Viollet-Le-Duc.

Sur un entablement que des vases surmontent
Grimpe un Louvre d'azur sous deux jumeaux balcons,
Puis un Vatican d'or qu'aux deux ailes affrontent
Des minarets ventrus, grecs-russes, des flacons.

Sur l'amas de ces trois étages grandioses
Le Corps législatif fuit dans les airs, masqué
D'un pourtour glorieux de vingt colonnes roses
Prises au Parthénon, — et l'ensemble est casqué

En tiare. Une tour, volée à Saint-Sulpice,
Qu'exhausse un Panthéon de dôme battant neuf,
Lance au plus haut des airs, pointe aux foudres propice,
La flèche qu'effila le saint roi Louis neuf.

Au-devant du palais, un lac déploie une onde
Où le soleil se baigne aussi visiblement
Que, devant les fonds peints par Ciceri, la blonde
Et blanche Ophélia nage en son vêtement.

Des arbres, des roseaux entourent l'eau limpide ;
La barque du Départ pour Cythère attend là
Colombine, Pierrot et Cassandre, un *stupide*
Vieillard, que suit Léandre en basques de gala.

Plus loin, se faufilant sous la discrète allée,
La batte à la ceinture et la jambe en avant,
Arlequin vient mimer sa tendresse emballée
A Colombine, au cœur la main, le coude au vent.

Mais voyez le malheur ! Trois coups frappent la planche
Et la toile s'envole, emportant l'idéal,
Et plus rien qu'un sabbat de la fécule blanche,
Fard des bras et des mains, — du riz en carnaval.

IV

Les quais savants

Ah ! la Seine est toujours la bonne institutrice.
Lutèce l'eut pour sœur, Paris l'a pour nourrice.
Elle apporte du fond des Gaules, des forêts,
Des champs, l'esprit du sol, des airs, les souffles frais,
La respiration fiévreuse des poitrines
Qu'agitent, généreux, le combat des doctrines
Et l'espoir invaincu de voir l'humanité,
La France au cœur, prendre âme et voix de la Cité.
Elle apporte le vin des vignes glorieuses ;
Elle apporte le bois pour les nuits studieuses,
Pour les foyers amis. — Souvenirs évoqués !
Le vrai cœur de Paris bat non loin de ses quais,
A gauche de la grande artère aux eaux fécondes
Et sous le mont sacré, mamelle des deux mondes
Où vinrent s'abreuver les peuples, les esprits,
Les faibles et les forts, les grands, Dante compris,
Les insoumis, Villon, les délicats, Érasme,
Ceux qui faisaient brûler, ceux dont l'enthousiasme,
Outré de voir le juste ou le droit trébucher,
Avec colère et joie acceptait le bûcher.

La Seine aime le mont des combats et des veilles
Avant le Louvre, orgueil et gardien des merveilles ;
Ses quais même ont ce culte et l'affirment deux fois.
C'est du côté par l'ombre accaparé dix mois,
Mais salué par l'aube encore au temps des givres,
Que sur les parapets s'entassent les vieux livres,
Et c'est de ce côté qu'en toutes les saisons
Les fleurs tombent aussi de pleines cargaisons.
Le livre ouvre sa page et la fleur sa corolle.
Du livre et de la fleur le vent prend la parole,
Fond l'antique savoir dans l'odeur du matin,
Et, son hymne ainsi fait, le porte au mont latin.

V

Devant la grotte de Médicis

Avec son bec et ses pieds jaunes,
Son habit de pasteur décent,
Comme sous les palustres aulnes
Le merle, citadin, descend

Près de ce bassin du Cyclope
Et de Galatée et d'Acis,
Où tant d'ombre verte enveloppe
La fontaine de Médicis.

Il tend, penché, sa gorge noire
Vers l'eau qui le tente, ayant l'air,
En goûtant l'eau de la baignoire,
De vouloir goûter du bain clair.

N'es-tu pas, sur ce baptistère
D'eau de Syracuse, où tu bois,
L'églogue, ô discret solitaire,
Le regret et l'appel des bois ?

VI

Devant la boutique de Claudin

A M. FERTIAULT

Elle avait le printemps tout en fleurs sur les lèvres ;
Elle allait d'un pas net, précis, leste, mutin ;
Un cuivre clair cerclait ses talons qu'un patin
Eût jalousés au temps des belles de vieux Sèvres.

Ce cuivre, éclair tournant, jeta ses grâces mièvres
Dans la vieille boutique où dort plus de latin
Que n'en trahit Nisard, plus de grec que Patin
N'en lut, et tout l'hébreu ponctué des Lefèvres.

Je crus voir un rayon s'éteindre en un couloir,
Et par un mouvement plus prompt que le vouloir,
Mes yeux firent deux trous dans la crypte vitrée,

Et le soupçon me vint, un instant, que, parmi
Les basanes en deuil, cette lumière entrée
Était l'âme rendue au vieux monde endormi.

VII

Sur un pont, la nuit

L'eau coule avec un bruit de fuite de baignoire
Sous le pont où la nuit, de sombre, devient noire ;
Hors de l'arche, elle brille en mica turbulent
Et sur le fleuve au loin plus tranquille et plus lent
Une ligne de feu tremble, voie étoilée,
Fébricitante, brusque et comme flagellée.

Le silence est partout; le talon d'un sergent
Trouble seul, d'un bruit mat, le calme intelligent;
Le gaz en faction songe seul dans l'espace
Et sur le pont qui·dort le désœuvré qui passe,
En regardant cette eau, doucement se complaît
A ne penser à rien comme un sage qu'il est.

***

VIII

Le quai aux fleurs

Selon que des maisons l'ombre oblique l'effleure
Ou couvre, le marché dit les saisons et l'heure.
Comme un bon directeur de théâtre, épiant
Derrière ses guichets le public défiant,
L'An, près d'ouvrir partout les scènes printanières,
Fait pour son décor neuf les réclames dernières.
Ses publications sont les précoces fleurs,
Les fleurs ayant, malgré son nom dur, Mars en pleurs
Pour parrain, sous un ciel aux paupières troublées
Par des soleils d'une heure et par des giboulées.
Les invitations sont aussi, — moins loyal
Est l'appel, — non les fleurs devançant floréal

En toute honnêteté, mais ces fleurs moins sincères
Qu'un éternel juillet éternise en nos serres
Et qui ne craignent pas d'exposer un instant
Leur chair frêle à l'air vif, sœurs stériles montant
Entre celles qu'un vrai soleil prépare aux graines.
L'art, violant les lois, les fait contemporaines.
Les marchandes, du ton des duègnes de plaisir,
Pressent vers leur dressoir les passants de choisir.
Les fleurs, elles, en caisse, en pot, libres, liées,
Les duchesses de serre et les humiliées,
Paysannes des champs, bourgeoises des jardins,
S'appliquent à piquer, à vaincre les dédains
Par la hauteur, l'éclat, l'air décent, les œillades.
Les unes ont la lèvre humide des naïades
Et les autres les yeux fiers des Sémiramis,
Cette épaisse est margrave et cette frêle est miss.
Ce parterre envahit jusqu'au pont Notre-Dame;
On y voit circuler la fillette et la dame,
Toutes deux, sous la martre ou le fichu de lin,
En quête pour l'argile ou pour le kaolin;
L'une seule et qu'on suit, l'autre avec sa suivante.
Ce quai met dans Paris la nature vivante,
La vraie et la menteuse, et le spleen citadin
S'y plaît, les champs étant en pots dans ce jardin.

IX

Étude

DANS LE PAYSAGE DU SOIR

Sur le pont des Arts elle va très vite,
Serrant son manchon contre un voile noir
Et penchant la tête. On voit qu'elle évite
L'indiscrétion des astres du soir.

Le vers suit, jaloux, cette poésie
Qui talonne sec les planches du pont.
De quel air de luth est-elle saisie?
Ligne et pas, le rythme au rythme répond.

Elle a traversé la place savante
Et gagné ta rue, ô Mazarini,
Alerte Manon, pressée et fervente
Comme une dévote en catimini.

Un petit hôtel à l'entrée étroite
Dresse en cette rue un plastron lépreux,
Le grès noircit gras dans le couloir moite;
Tout l'aspect est louche, ingrat, ténébreux.

Elle tourne et plonge en l'obscure allée
En poussant la grille au timbre bruyant;
Et dans l'ombre fuit la basque, étoilée
De boutons de nacre ou d'acier brillant.

X

Dans les démolitions

ENTRE

LA RUE DU JARDINET ET LE BOULEVARD SAINT-GERMAIN

Parfois, quand les maçons abattent une rue
Et que le jour se fait dans les intérieurs,
A travers les lambris qu'attendent les crieurs
Et les plâtres dartreux d'où l'eau des plombs se rue,

Et les longs serpents noirs que la fumée accrue
Fit ramper sur les murs, et les pendantes fleurs
Des papiers peints témoins des fêtes et des pleurs,
Ou la sordité des antres apparue,

Un miracle, dont l'heure est un don des hasards
Plus inventifs que l'homme et savants que les arts,
Éclate ; un arbre vrai sort vivant des ruines ;

Captif né des hauts murs, n'ayant appris trente ans
L'heure qu'au tour sur lui des ténèbres chagrines,
Le voilà, d'un coup, libre, idylle du printemps.

XI

L'héroïsme inconnu

ENVIRONS DE SAINT-JACQUES-DU-HAUT-PAS

Dans une rue obscure à force d'être étroite,
Et sur le pavé gras et contre le mur moite,
Une femme s'avance à pas faibles, la main
Sur le bras de l'enfant son bâton de chemin.
Elle est très humblement vêtue avec décence.
Est-ce la mort prochaine ou la convalescence
Qui lui donne ou lui laisse un tel air de langueur?
Tout dit : Elle a vécu pour ce suprême honneur,
Être épouse, être mère, élever sa famille,
Rendre ses fils vaillants, garder pure sa fille,
Faire épargne du gain, bien tenir sa maison,
Peut-être protéger, femme, de sa raison,
L'homme vite entraîné par les amis et l'heure.
Ces soucis ont usé sa vie intérieure

Et la fièvre est venue émacier, blêmir,
Ses membres étonnés de faiblir et frémir.
Elle cherche un peu d'air ; peut-être aussi veut-elle
Se rendre utile encor, revoir la clientèle,
Aller chez le marchand pour l'emplette à prix bas
Qu'elle va rapporter dans l'osier du cabas...
Ah ! l'éclat offusqué d'un dévouement si ferme,
S'il rompait l'enveloppe obscure qui l'enferme,
Plus fort que la clarté des astres rassemblés
Renverserait du coup les passants aveuglés
Et ferait transparaître une face divine.
Cet éclat, un seul cœur est-il qui le devine ?
Il jaillit cependant, manifeste à l'esprit,
Quand la bouche, exprimant la souffrance, sourit.

XII

La garde-malade

La voyez-vous passer, la femme sérieuse ?
Sa face pour qui sait n'est pas moins radieuse
Que celle de la vieille au vieux châle déteint.
Elle rentre veiller son mari qui s'éteint.
Tous deux, d'un cœur égal, ont pendant vingt années
Uni dans le labeur leurs forces géminées,

Elle active au foyer, lui dehors travaillant.
Quelques milliers d'écus, gain de l'homme vaillant,
Leur devaient assurer une vieillesse amie,
Mais, un jour, l'énervante, épuisante anémie
A fait tomber l'outil, gagne-pain et bailleur
D'honneur et de repos, des mains du travailleur.
Longue est la maladie et lente et perdurable,
Sans terme que l'on ose espérer, — incurable.
La femme, brave autant que son mari le fut,
Dit à la mort : Attends! — Aux aguets, à l'affût
Des besoins, des désirs, et même du caprice
Coûteux au pauvre monde ; éternelle nourrice
D'un éternel enfant; mère, sœur; soutenant
De mets substantiels l'estomac ; ramenant
Joie au cœur, elle voit le décroissant pécule
S'épuiser, mais la mort d'un jour encor recule.
Elle ne pense pas et n'a jamais pensé
Que l'heure qu'elle gagne et le franc dépensé
Font la ruine proche et la misère nue,
Et que, lorsque la mort enfin sera venue
Et que sera parti le cercueil de sapin,
Le foyer sera noir et la table sans pain.

XIII

Rue d'Assas

Nuit tombée ; en la rue, à pas lents, passe un couple.
L'homme, ouvrier, d'un bras s'appuie au foulard souple
D'une fille, ouvrière, et de maintien décent.
En commun abandon le groupe ainsi descend
Du boulevard obscur vers la moins sombre ville.
A-t-il reçu l'anneau, subi la loi civile ?
C'est douteux. Il ne semble autour de lui rien voir
Et marche en sûreté de cœur et de devoir...
Et maintenant que dans Paris, que dans Marseille,
Que dans Bordeaux, que dans la campagne, pareille
En ses derniers hameaux aux plus grandes cités,
Des milliers d'appétits bondissent excités,
L'un voulant l'or qui pèse et l'autre l'or qui brille,
Trop, les chausses d'emprunt du marquis Mascarille,
Les honneurs sur l'habit cousus, plaqués, brodés,
Ou le droit d'ordonner, tous autres droits cédés,
Qui se plaindra de voir l'aventure facile,
Plus chaste que n'était l'églogue de Sicile,
Sur ses pas, à défaut d'un Théocrite pur,
Appeler, indulgents, les yeux du ciel obscur ?

Quels justes, en ce temps d'hypocrisie utile,
Ces désintéressés du monde! et cette idylle
Ne vaut-elle pas bien celle où, d'accord léger,
Naïs consent à suivre au bois Daphnis berger?

1869.

XIV

Dans l'omnibus

Plus jeune qu'il ne faut pour être mariée
Et déjà mère, elle a l'air de l'enfant qu'elle est,
Et tient sur ses genoux le faible enfantelet,
Pâle comme elle et blond, de mine émaciée.

Aux précoces devoirs gracilité vouée,
La moins jeune au plus jeune, ainsi qu'un gobelet,
Tend son sein où tarit quelque goutte de lait,
Et ce soin montre un peu de chemise trouée.

L'enfant quitte le sein douteux qui le nourrit
Et rit aux environs, et la mère sourit;
C'est de la sainteté que rend cette misère;

Ce malheur des bas-fonds jette un rayonnement
Et le rachat auguste a pour encadrement
Le fond de l'omnibus qui mène à la Glacière.

LES SOLITAIRES

LES SOLITAIRES

I

Le monstre

Quasimodo, le type horrible du poème,
Eût offert près de lui l'attrait d'Adonis même.
Des rois l'eussent choisi pour nain, sa bosse ayant
Fait un crabe hideux de son corps. — Bégayant
Et rauque, il pouvait seul en sa gorge s'entendre ;
Il boitait d'un genou ; la main qu'il voulait tendre
Était comme nouée au coude ankylosé.
Rire au commun des gens il ne l'eût pas osé.
Cœur humble, il s'écartait de toute foule en joie.
Il aimait cependant la ville où se déploie
Dans l'ordre la sagesse acquise, organisant
Le plaisir, l'existence aisée, intronisant
Le caprice, élevant comme une forte digue
La raillerie ; enfin la ville qui prodigue
En poésie écrite ou chantée, en granit,
En marbre, en bronze, en or dressé lyre au zénith,

12

En grand art, le meilleur de la pensée humaine ;
La ville où l'utopie inquiète promène
A travers les cerveaux l'avenir espéré ;
Car lui, le misérable et le défiguré,
Lui, le disgracié de tout, la bête immonde,
Habitait par l'amour dans l'avenir du monde.
De toute paille errante il était le glaneur
Et son bonheur était de rêver le bonheur
Universel aux jours que saluerait sa tombe ;
Il souffrait avec tout ce qui décline ou tombe ,
Sa pitié la plus grande allant à qui déchoit ;
Il jouissait avec tout ce qui monte ou croît,
Et sa distraction splendide était la terre.

D'un pas furtif souvent il fuyait solitaire
Dans la campagne, aimant et goûtant tout des champs,
Les plans lisses que doit l'argile aux socs tranchants
Ou les blés verts ou les blés d'or, mers ondulées,
Ou la basse prairie aux mille fleurs mêlées,
Ou les trèfles, manteau de pourpre, ou les trésors
Des hauteurs, taillis drus, grands arbres aux bras tors,
Les bois aménagés en coupes ordinaires,
Ou les parcs orgueilleux d'arbres tricentenaires.
Et passant en esprit des sols diluviens
Et de la strate morte où les grands sauriens
Dorment, à cette terre émaillée, où, superbes
Et doux, chevaux et bœufs sont la gloire des herbes.

Il invoquait encor des germinations
Nouvelles dans les fleurs et dans les nations ;
Des cœurs plus vigoureux, des sages plus augustes,
Des végétaux meilleurs, des chênes plus robustes,
La nature plus belle et les hommes plus beaux ;
Et les ancêtres morts contents dans leurs tombeaux.

II

Le vieux poète

Poète . . . .
Tu es roi : vis seul.
    A. POUSCHKINE, *Sonnet*, traduction
    de I. Tourguéneff.

    C'est ma faute ! j'ai cru être poète !
C'est ma faute !
        DE VIGNY, *Chatterton*, acte III,
        scène I.

Hélas ! hélas ! un jour des langues descendirent
Sur mon front ; des esprits brillèrent et me dirent
Dans ces langues de feu : Parle aux hommes et sois
Raison et poésie, amour, musique, voix.
Et je sentis s'ouvrir mon esprit ; la lumière
Emplit mes yeux buvant dans la source première

Et je balbutiai : Dieu, vérité, vertu !
Hélas ! hélas ! trop tôt le verbe en moi s'est tu...
Mon esprit lourd reprit son poids, son faix, sa pente ;
La lumière, pareille à l'éclair qui serpente,
Avait brûlé mes yeux, les laissant dans la nuit,
Et mon chant ne fut plus qu'un bruit mort dans le bruit.
J'appelle en vain depuis les langues regrettées ;
Mes yeux cherchent en vain les flammes remontées ;
Aveugle, je me heurte aux bas soucis humains ;
Mon ambition meurt dans l'œuvre de mes mains ;
Les paroles, un jour par l'éclair fécondées,
Ne me présentent plus que des sons sans idées,
Et, déjà mort, je n'ai de titre pour mourir
Que le regret du ciel que je ne puis rouvrir.

III

Le philosophe

Paris, bourgeois et peuple, en foule aventurière,
Sous un soleil d'été se rue à la barrière.
Le soleil s'éblouit sur un feuillet d'Hégel
Dans la chambre où, cherchant l'absolu, seul réel,

Le sage accoudé songe et détourne du livre
Sa pensée et ses yeux qu'au flot bruyant il livre.

Passe, monde ; passez, festoyeurs des lundis,
Couples chantants, dansants, filles aux fronts hardis,
Artistes, écoliers, ouvriers, habits, blouses,
Mains noires, doigts gantés ! A défaut des pelouses
Et des bois où s'en vont, aveugles, les heureux,
Cherchez les cabarets aux feuillages poudreux ;
Passez, portant en vous des mondes de lumière.
Aux batteurs de pavés la joie est coutumière
Et la joie est la marque aussi de ces vigueurs
Qui sont le débordant et l'exondant des cœurs.
Qu'importe le hublot d'où l'on regarde au large ?
Quatre mètres carrés ont l'univers pour marge.
O passants dont j'entends monter les troubles voix,
Je veux par vous, en vous, dans tout ce que je vois,
Dans tout ce que saisit mon oreille, en l'heure ivre,
Jusqu'en ce fauve instinct des bêtes voulant vivre,
Voir, entendre, sentir l'idéal Chanaan.

Vie ! attrait ! plérome un ! fleuve unique ! Océan !

IV

Le misanthrope

Maintenant je suis las des charges bergamasques
Que l'homme à l'homme joue et se joue, histrion
Dupe et trompeur ; les beaux semblants faux sont des masqu
Volés au front du dieu qui raille Amphitryon.

Bienheureux sont ceux-là dont la candeur élide
La souffrance des trop cruels discernements,
La tache au cœur surprise, à la peau l'éphélide,
Les calculs vus fourchant sous l'Y grec des serments.

Le monde tout entier qui nous emporte, foule,
Et qui roule, croit-on, comme un char dans les cieux,
A, sur l'atmosphérique hippodrome qu'il foule,
L'égoïsme et l'orgueil pour rais et pour essieux...

Ciel, fais qu'en moi ce cri meure, étouffé blasphème ;
Rends caduque la dent du serpent qui me mord,
Car vois qu'en te parlant ma lèvre devient blême.
Je hais la vie et crains de revivre en la mort.

Je hais... O toi par qui, pourtant, des pourritures
Naît l'herbe, et qui permets aux tombes de fleurir,
Èvoque encor pour moi du fond des impostures
L'illusion qui rend l'homme ardent à souffrir.

V

Le crible

> . . . Sub incertas Zephyris mutantibus umbras.
> E GL. V.

Le solitaire avait un portrait dans sa chambre,
Tête sur un soupçon de buste qui se cambre,
Délicate, et gagnant, bien vue, en agrément,
Qu'il enlevait parfois du cadre et bravement
Emportait sous son bras au travers de la ville.
Il promenait ainsi, voilé de serge vile,
Ce qu'il n'eût pas donné pour sa vie ; il suivait,
Sans détours, son chemin vers un point qu'il savait.
Se préservant des chocs, craignant toute bagarre,
En feinte insouciance il gagnait une gare
Et prenait un billet menant vers quelque bois.
Dans le wagon, sa main veillait le léger poids.

Absorbé, non distrait, il négligeait la scène
Fuyante, aux mille appels, les détours de la Seine
Au-dessous de Meudon, de Sèvres ou de Rueil,
Ou, dans les jardins bas qu'écrase le soleil,
Les toiles blanchissant sur des cordes tendues,
Ou les intérieurs, les villas suspendues
Sur de petits gazons creusés d'étroits bassins
Et les enclos mignons, volières de poussins.
La station criée et la portière ouverte,
Il descendait, montait vers la lisière verte
Des bois qu'eussent sacrés, les nommant, du Bellay
Et Ronsard, la Pléiade heureuse; Viroflay,
Meudon, Sèvres, Saint-Cloud, Ville-d'Avray, Chaville,
Montmorency, Bondy d'où l'on voit Romainville,
Saint-Germain d'où l'on voit l'Étoile, Chantilly
Où la fanfare auguste encor n'a pas vieilli,
Brunoy donnant accès dans l'ombre moins connue
De Senart où sablonne une grésaille nue.
Il prenait ciel, plongeait sous la verdure, entrait
Dans les fourrés, cherchant la ronce où le vautrait
Vient lancer quelquefois cet autre solitaire,
Le sanglier muni de longs crocs, grabataire
De la bauge, et qu'a mis sur pied le sifflement
Du limier. Il savait dans quel vallon dormant,
A quelle heure, tombait meilleure la lumière.
Ce qu'il voulait, c'était une demi-clairière
Où les arbres, tamis oscillants du soleil,
Fissent combattre l'ombre et l'or filtrant vermeil.

Lorsqu'il avait trouvé la place où le sillage
Lumineux traversait, bien rompu, le feuillage,
Il délivrait, tremblant, le portrait du sayon
Et l'exposait aux jeux mobiles du rayon.
Alors, minute aimée ! il semblait qu'une flamme
Entrât dans la peinture et lui donnât une âme ;
Il semblait que la vie aux traits fixes revînt.
Un feu rallumait l'œil sous l'huile obscure éteint ;
Les lèvres remuaient ; le rayon, qui se joue
Dans les ombres, rendait l'épiderme à la joue,
— Ainsi le croyait-il. — Sous la mobilité
Des feuilles, le portrait souriait, visité
Par la morte elle-même en sa grâce première
Et vivante. — Et, laissant s'incliner la lumière,
Il voyait s'attrister le sourire, et la chair
S'éteindre, et s'en aller de nouveau l'être cher.

VI

La Mort

Le vieillard souriait, mais vivait solitaire ;
Son sourire était doux plus que triste ; il allait
Dans la foule, et, restant toujours seul, s'y mêlait ;
Il semblait grave, au fond, sans se trahir austère.

Rien en lui, voix, regard, n'accusait un mystère.
Il aimait la musique et lorgnait au ballet ;
On le voyait partout où le monde se plaît ;
S'il avait un secret, il savait bien le taire.

Caduc, il s'enferma sans un signe d'ennui.
L'importun qui, par force, un jour entra chez lui
Put voir contre le mur, dans un cadre, un visage.

Enfin, l'homme qui, seul, admis dans son retrait,
Le servait, un matin, venant selon l'usage,
Le trouva mort, les yeux tournés vers le portrait.

LES SUICIDES

LES SUICIDES

I

Le Prologue

> L'aveugle suicide étend son aile sombre.
> V. H. *les Chants du Crépuscule.*

L'air de Paris est lourd pourtant aux solitaires.
Il est aussi chargé de fièvres délétères,
D'esprits de mort. — Beaucoup, terrible guérison,
N'ont tué, qu'en tuant leur souffle, le poison.

II

Autour de l'île

Le long des saules bas, sous l'île murmurante,
Parmi les souvenirs comme l'eau descendant,
Ils glissaient, lui ramant, elle autour regardant,
Ennuyée et sans voir, lassée, indifférente.

Lui, le front singulier, la lèvre souriante,
Une immense colère au fond du cœur grondant,
Disait : Oh! souviens-toi, souviens-toi bien, pendant
Que nous emporte encore, errants, cette onde errante

Souviens-toi de ces bords, nos témoins; des degrés
De l'auberge, un instant nid d'espoirs émigrés;
Oh! souviens-toi du jour, de l'heure enchanteresse,

De l'heure où le soleil dans l'arbre que voilà
Mourait, dorant ainsi les frissons qu'il caresse;
Souviens-toi!... Le flot sourd sur la barque roula.

III

Les deux vieillards

DU BOULEVARD DE LA GRANDE-CHAUMIÈRE

> Un vieillard et sa femme, vieille aussi, se
> sont tués chez eux pour mourir ensemble. La
> femme paraît avoir survécu un peu à son mari.
>
> LES JOURNAUX de 1876.

> La mort ne détruit rien ; elle resserre les
> liens de la vie immatérielle.
>
> G. SAND, *les sept Cordes de la Lyre* .

Ils étaient l'univers l'un pour l'autre en ce monde,
N'ayant jamais connu la minute où l'on gronde,
Où l'on est rogue et dur ; l'un sur l'autre appuyés,
Ignorant les jours longs et les soirs ennuyés,
Ils avaient traversé de nombreuses années.
Les couleurs à la joue, et non l'âme, fanées,
Ils étaient des fruits mûrs, mais de goût sans déchet.
L'âge que l'amitié doucement leur cachait
Leur apprit cependant que l'heure était prochaine
Du coup que la mort donne à la meilleure chaîne,
A la plus douce, à la plus forte ; ils eurent peur.
Mourir pour l'un, c'était laisser dans la stupeur
Du désert, du néant, l'autre ; pour l'autre, vivre,
C'était, dans le désert, errer comme une âme ivre

Du désir de mourir. — Ils causèrent entre eux
Tendrement, longuement. Ils jouirent, heureux,
D'un rayon de soleil dans les bois de Chaville,
Regardèrent d'en haut fumer la grande ville,
Rentrèrent ; puis, la main dans la main et les yeux
Dans les yeux, l'esprit calme en un accord pieux,
Ils burent le repos en quelque somnifère.
Le mari le premier se refroidit. Sans faire
Un mouvement, serrant la main qui ne sent plus,
La femme attendit l'heure où l'artère est sans flux,
Et le matin les vit reposant côte à côte.
Pauvres gens que les dieux de l'antiquité haute,
Visiteurs des foyers, eussent en des linceuls
De vives frondaisons ressuscités tilleuls !

IV

La barricade

(SANS DATE)

Entre deux coins de rue ouverts par les mitrailles
Et les boulets, laissant apparaître en entrailles
Le dedans des maisons, meubles, draps, matelas,
Tout l'intérieur cher aux familles, hélas !

La barricade encor tenait. Le solitaire
Marcha vers les pavés et les gravit austère.
Il avait vu mourir, avec ce qu'il aimait,
La grande vision que son cœur enfermait,
Le monde harmonieux, heureux, dans l'équilibre
Des forces, des vertus, beau, fraternel, doux, libre,
Le bonheur convoité non distinct du devoir,
Et la science et l'art faisant comprendre et voir
Toutes les fins de tout, tous les secrets des choses,
Tout ce que peut atteindre, en remontant aux causes
Dans les problèmes clos, l'esprit aidé des yeux,
Le *mens divinior;* — il avait vu fuir mieux,
Sa propre confiance au juste, au futur stable,
Éternel, l'homme égal à l'homme, respectable
Aux hommes, respectant les hommes; l'absolu
Atteint, saisi, compris, réalisé, voulu,
Devenu l'air commun, l'aliment des pensées...

Et le néant pour tant de forces dépensées !
Ah ! de telles hauteurs redescendre si bas
Dans le noir, le chaos, dans les sombres combats !
Ce réveil dans l'abîme !

                    Il se sentit débile
A porter ce néant. N'ayant plus un mobile
D'aimer, d'agir, le monde étant pour lui pervers
Et désert, il jeta pitié sur l'univers
Et se dit : Pourquoi vivre? Il monta dans les pierres,
Froid, sans un mouvement du cœur ni des paupières,

13

Et s'offrit à la mort, debout; il étendit
Les bras; le grès reçut sa face et l'entendit
Rendre un son mat. Alors le combat finit, ivre,
Et les clairons, lançant les stridences du cuivre
Et vibrant dans les cœurs non moins que dans l'airain,
Sonnèrent vers le ciel redevenu serein.

V

Dans les bois

C'était dans un lieu d'eaux où le poli des marbres
Éclate au jour et luit dans l'ombre, où, sous les arbres,
Les baigneurs vont s'asseoir par groupes, pour ouïr
Meyerbeer, Rossini, Mozart, et pour jouir
De l'air moins chaud tombant des montagnes voisines.
Ils montèrent tous deux dans l'odeur des résines;
Ils entendaient venir les musiques d'en bas
Et dans l'obscur sentier qu'ils tâtaient de leurs pas
Près de l'affamé gouffre ouvert à qui dévie,
Ils s'avançaient prudents, eux lassés de la vie.
Au loin se découpaient, nus, semés de points blancs,
Les monts froids, clairs en haut, d'un noir funèbre aux flancs
Les étoiles brillaient au ciel; ils s'arrêtèrent
Au point où le rocher descend droit; ils jetèrent

Les yeux vers le jardin, blancheur, île de bruit,
Nébuleuse fixée à terre dans la nuit.
Le ciel leur disait paix; et, bonne conseillère,
Avec les sons lointains et la pâle lumière,
L'oasis leur disait : Vivre peut être doux,
Facile; le torrent hurle, retenez-vous;
Le gouffre vous attire, il en est temps encore,
Revenez. Voyez-vous le pic qui se colore
Sous la petite étoile apparue au sommet ?
C'est l'espoir qui renaît, la lueur qui promet.
De ce point jaillira demain l'aurore blonde;
Demain viendra le jour réparateur du monde;
Attendez à demain. Astres, conseillez-les;
Dites-leur l'ordre saint et les destins réglés;
Combien l'heure qui passe est précieuse et brève
Et comment, dans le cercle imposé, tout s'achève
Du lever d'une aurore au coucher d'un soleil,
Ainsi que pour les fleurs de l'éveil au sommeil.
— Ils n'attendirent pas. La couleuvre et l'effraie
Virent fondre, en la nuit, sur le roc, une raie
Rapide et monstrueuse, une ombre ayant les bras
Éperdus de deux corps plongeant têtes en bas;
Le torrent de ses bruits couvrit un cri peut-être.
En ces hauteurs montaient, cependant vers le hêtre
Et le pin, les sons doux, dans le rythme incertain
Que l'espace interrompt, de l'orchestre lointain.

VI

Au corps de garde

LES JOURNAUX DE NOVEMBRE 1878.
Cette facilité sinistre de mourir.
V. H.

La jeune mendiante est rendue à la vie.
Ses yeux se sont rouverts à la clarté ravie
Et, l'ayant recouvrée, en ont paru souffrir :
« Pourquoi m'empêchez-vous, dit-elle, de mourir ? »
La voilà sur le lit des veilleurs étendue.
Elle s'est au clou vil du violon pendue,
Vulgairement, sa chair d'enfant livrée aux yeux,
Avec les bouts noués d'un petit châle vieux.
Elle n'a pas douze ans; elle est blanche et fluette.
Comme elle était restée aux questions muette,
La faute ne pouvant faire doute, le guet
Avait dû s'emparer du délit qui vaguait
Et consigner l'enfant tragique et taciturne
Dans le silence froid de la geôle nocturne;
Et l'errante, plus grêle et pâle que Mignon,
N'avait, serrant les dents, répondu qu'un mot : non,
Au vieux sergent humain, d'instance charitable,
Qui voulait qu'elle prît son souper sur la table.

Quel mystère cachait ce silence obstiné,
Quelle misère ou honte ou mal enraciné
Dans le cœur de l'enfant qui voulait, criminelle
Ou martyre, garder le secret mort en elle,
Et qui, sentant sa vie au monde refleurir,
Dit simplement : « Pourquoi m'empêcher de mourir ? »

VII

La recluse

La jalousie atroce avait pris à la gorge
Le mari, comme avec des tenailles de forge
Faites pour manier sur les charbons le fer,
Supplice que n'a pas connu l'antique enfer.
Aimé, ne doutant pas de sa femme fidèle,
Il avait pourtant fait le désert autour d'elle,
La dérobant à tous, mère, frères, parents,
Compagnes ; il craignait jusqu'aux indifférents
Qui pouvaient traverser l'air sorti de sa bouche.
Tout son amour n'était qu'une ronde farouche
Inquiète, aux aguets, gardant une prison.
Anxieux, ne pouvant trouver la guérison
De son mal dans les yeux de l'esclave innocente,
Il traînait tout le jour sa plaie effervescente,

Ses remords, son souci, dans un petit bureau,
Patient à son tour et doublement bourreau.
La femme hors du monde, — hélas! humiliée, —
A l'uniformité des jours, des mois, liée,
Solitaire, entendait fuir les heures, n'ayant
Devant les yeux que tout Paris, vide effrayant
Ouvert sous sa fenêtre ainsi qu'un bruyant gouffre.
Longue est l'heure, plus longue encor lorsqu'elle souffre
De l'ennui dans la foule où meurt l'ennui plus seul.
C'est la mort consciente alors sous le linceul.
Les déserts de rochers, ceux du sable sans ride,
Sont fleuris et peuplés. Le vrai désert aride,
Il est en plein Paris, entre deux millions
D'êtres vivants ; ceux-là, les déserts des lions,
Ont le svelte dattier dont l'ombre au soleil tourne ;
Ici l'ombre morale, immobile, séjourne.
C'est dans cet air avare et froid qu'elle vivait,
Si s'éteindre c'est vivre, et qu'elle conservait
Son humeur doucement héroïque, enjouée.
L'homme entrevoyait bien cette âme dévouée,
Et toute haletante et mourant à s'offrir ;
Malheureux, il souffrait de la faire souffrir
Mais n'élargissait pas la reclusion vile.
Tout effort s'use enfin. Comme l'âme servile
La noble crie : assez, au poids qui l'excéda.
Un jour de cœur vaincu, la recluse céda.
Faible pour la révolte, incapable de haine,
Elle pouvait mourir ; un poison de sa chaîne

La délivra. Son seul reproche à son mari
Fut de l'attendre froide et morte, sang tari
Dans les artères, pâle, et la paupière ouverte,
Sans lueur, dans le cercle affreux d'une ombre verte.
L'homme, entrant, recula, chancela, comprit tout,
N'osa s'agenouiller devant elle, et, debout,
Demeura quelque temps spectre aussi, sans parole,
Craignant d'émouvoir l'air autour de l'auréole
Qui semblait émaner du visage aux yeux morts.
Il ne consulta pas très longtemps ses remords ;
Il fit deux pas, saisit dans un tiroir une arme,
Fit feu, puis dit, sentant monter l'ultime larme :
O pauvre morte, morte en si triste abandon,
En tel délaissement, ô victime, pardon.

VIII

L'Assassin

Se sachant égoïste, il se sentait infâme.
Un jour il n'y tint plus ; il embrassa sa femme
Et lui plongea tout droit un couteau sous le sein,
Puis, tournant contre lui l'ord outil, l'assassin

Se frappa. Tout à coup la mort fit la lumière
Comme en lui devant lui ; la femme, la première
Tombée, était gisante en son sang répandu ;
Il se précipita vers elle, cœur perdu,
Bras ouverts, et cria : Douce chère opprimée,
Chère souffre-douleur que j'ai trop mal aimée,
Suis-je assez vil, assez par l'horreur châtié ?
Reçois mon sang, reçois mon dernier cri : pitié !

LA BANLIEUE

LA BANLIEUE

I

Autour de l'île de Croissy

Distant la Saône
Du Rhône
Une lieue ou environ,
Est l'île,
L'île gentille
Dedans son moite giron...

Sus, allons
Si nous voulons,
Tandis que la fraische dure ;
Le plaisant lieu !
Hé ! mon Dieu !
Qu'il fait bon voir ta verdure.

BONAVENTURE DESPERRIERS.

Fleur de la berge,
L'auberge
Mire, s'admirant, dans l'eau
Sa mine
De balsamine
Fond panaché du tableau.

Un berceau,
Fait d'un cerceau
Qu'entourent des vignes vierges,
Y rit au choix
Des anchois,
Du bon bœuf et des asperges.

Une île verte,
Couverte
D'aulnes de soleils ravis,
Allonge
Son pied qui plonge
Sous des moires, vis-à-vis.

Crusoé,
Mieux que Noé
En inventions fertile,
Serait séduit
D'un réduit
Solitaire dans cette île.

Sentant sec baume,
La baume
De chaume étendu sans frais,
Toit, conque
De saint quelconque,
Tiendrait en août l'homme au frais,

Accueillant,
Cœur bienveillant,
Les visites des sauvages
Qui descendraient
Et prendraient
Leurs ébats sur ces rivages.

Une ceinture,
Nature,
Verte est, par toi, mise aux flancs
Que noie
L'eau qui tournoie
Sous les pieds des saules blancs.

L'œil épris
D'effets de prix
Et de beautés naturelles
Aime ici voir
Se mouvoir
Sur l'eau des reflets d'ombrelles.

Embarde ! arrive !..
La rive
Voit là-bas, sous le rideau
Des saules,
Fuir les épaules
Des sirènes à fleur d'eau.

Donc brisons
Flots et raisons;
Au Temps, grondeur malévole,
Étroits cordons !
N'accordons
Merci qu'à l'instant qui vole.

Merveille d'île !
L'idylle
Y réveille le sylvain.
Eh ! vive,
Faune convive,
L' « esperon à picquer vin » !

Le buffet
Là-bas est fait
Pour les fioles assorties
D'un bon gazon
De saison
D'où mille fleurs sont sorties.

Proue, ouvre, perce
L'eau perse
Au vol des quatre avirons !
Anette
Contre Nanette,
Quelle paire de bras ronds !

Non petit
Est l'appétit
Qu'on gagne sur une rame.
A crocs mordants
Thisbé, dans
Un bateau, tordrait Pyrame.

Où la ramure
Murmure
De l'hospitalier hallier,
La pente
Fléchit, serpente
Et se creuse, anse, escalier.

Aucun port,
Du blanc Tréport
Au bleu golfe de Marseille,
N'a, sans écueil,
Un accueil
Qui mieux sourie et conseille.

Pause, arrêt, stance,
Cette anse,
Nous sera la Corne-d'Or.
La rade
De l'Eldorade,
Cadix sans corrégidor.

Dôme épais
Et plein sans paix
De becs-fins qui zinzibulent,
Un arbre pend
En arpent
De branches qui déambulent ;

Une, qui balle,
Brimbale
Au nez du petit cabot ;
Et, gente,
Une, obligeante,
S'offre à tenir l'étambot.

Le granit
Vers le Zénith
N'élève point là de phare
Et le seul bruit,
Jour et nuit,
Est parfois une fanfare.

Là, souffles almes,
Flots calmes,
Emportez la nef gaîté ;
Pour toile,
Triangle étoile,
Elle n'a qu'un chant d'été.

Elle fend,
Bec triomphant,
Herbes et flots comme un coutre,
Et, soulevant
De l'avant
Un bourrelet d'eau, passe outre.

Grugeant l'entrave,
L'étrave
A l'aisance du dauphin ;
La quille
De la coquille
Glisse, tourne et stoppe enfin.

Maintenant
Chacun tenant
Sa part du fond de la cale ;
Appert vaillant,
Travaillant
A supplicier Cancale.

L'île, où ne plane
Nul plane
Sur aucun hêtre pourpré,
Nous donne
Sans belladone,
Simone, un coin de ton pré [1].

1. Musset, *Simone.*

14

Mais la nuit
Nous reconduit
A notre barque immobile,
Et nous rentrons
Aux clairons
Des forts voisins de la ville [1].

1. Avec une indulgence du XVIe siècle :
    Retournons, troupe gentille,
        Dans la ville,
    Demy-soulez de plaisir:

        RONSARD, les Bacchanales.

II

A la fête de Plaisance[1]

Gloire et gros sous à la bohème
    De jupon court,
Qui, de foire en fête, poème
    Étoilé, court;

Qui pour joyau n'a qu'une rose
    Pourpre au chignon,
Et qui rompt, vieux, le maillot rose
    Qu'eut neuf Mignon;

Rythme tangible que la roue
    Dévergonda;
Garcia dont la voix s'enroue;
    Esméralda
Fendant l'air, la hanche insolente,
    Le pied cambré,
Et dont nul fard ne violente
    Le derme ambré.

---

1. Cette pièce, comme la précédente, est de l'histoire. Il y a longtemps que la fête de Plaisance a plié ses tentes.

Donc, pour deux sous, les jours de foire,
    Vous la verriez,
Grisant des fièvres de la gloire
    Les vieux guerriers,
Combattre et courir sur la corde
    D'Ulm à Moscou.
Feu ! sang et mort ! — Miséricorde !
    — Pliez le cou.

Puis elle entreprend sur les planches
    Un fou ballet
D'oiseau battant, brisant les branches,
    Sous un filet,
Moins pourtant la peine et la gêne
    Du fil rétif,
Qui, souple et cruel, morigène
    L'oiseau captif.

L'orchestre unique et sans pupitre
    Est un tambour.
Après la harangue d'un pitre
    A calembour,
Elle vient, grande Mab des fées
    De l'oripeau
Qui, par le dos mal agrafées,
    Montrent leur peau.

Sa bouche, au temps des rouges guignes,
  Rend l'œil perplex [1] ;
Ses épaules, fils, que tu guignes,
  Sont d'*æs* triplex,
Et l'hercule, le satellite
  Aux puissants reins,
A des égards pour la stylite
  Des jeux forains.

Ah ! pistolets ! Ah ! fusillades !
  Ah ! noirs sourcils,
Ponts jetés sur des fonds d'œillades,
  Et raccourcis
Quand les rapproche un pli qui tance
  Le public chien,
Et longs et droits quand l'assistance
  Se conduit bien.

on tricot trahit des ficelles,
  Eh bien ! après?
Voulez-vous qu'elle soit de celles
  Qui font florès
D'un petit coin levé de jupe
  Pour montrer mieux
Un feston dont le point occupe
  Les curieux ?

1. Marot ni La Fontaine n'hésiteraient à répondre ici pour cet *x* final.

L'hiver vient-il d'hermine pure
    Lester son poing ?
L'été fait-il flot de guipure
    Sur elle ? — Point.
Mais quelle verve en cette jambe !
    Quel temps d'arrêt
Dans cette pause ! Un dithyrambe
    Que ce jarret !

Meudon l'aime, Sèvres la vante.
    Rembrandt du Rhin,
Rubens, et, j'en ai l'épouvante,
    Jordaens du Rein,
Ces maîtres gâteurs de la femme,
    Eussent payé
Son corps plus que ne vaut son âme
    Bien de moitié.

Sa taille est le mât de cocagne
    Des appétits
Ambitieux. — Vous dont ne cagne,
    Grands et petits,
Jamais l'ardeur, forts de banlieue,
    Venez ! — L'accueil
Vous renverra, l'orbite bleue,
    Devers Arcueil.

L'ALOUETTE

L'ALOUETTE

I

L'alouette

*T'oseroit bien quelque poëte
Nier des vers, douce alouette !*
RONSARD, *O.le.*

AUX POÈTES DE LA CIGALE[1].

1

Fils d'un ciel qui de loin reflète un flot d'Hellé,
Nos frères demi-grecs, vous avez la cigale,
La note de soleil infatigable, égale,
Qu'entend comme la Crau Délos au roc brûlé ;

L'alouette est pour nous la cigale du blé
Et du trèfle où l'air bleu d'incarnat se régale,
Chanteuse universelle et qu'aime le Bengale,
Que la Libye écoute et qu'applaudit Thulé.

1. *La Vie littéraire* du 18 octobre 1877.

Gaulois et Phocéens, unissons nos symboles.
La cigale vous dit le chant, les siestes molles,
Le Mélès, la Sicile et les coupes de prix ;

L'alouette nous dit l'essor droit des esprits
Et l'accent vif, Marot, caquet de la volière
Qu'ont brisée à toujours Descartes et Molière.

II

Et comme elle ouvrait l'aile aux casques des guerriers,
L'alouette palpite au plein ciel de la Gaule,
Et, montant, descendant ou regagnant le pôle,
Elle avoue, aussi bien que Ronsard, Desperriers,

Et les sages non moins que les aventuriers,
Après Meung ou Villon sifflant hors de sa geôle,
Diderot remuant le ciel d'un tour d'épaule
Ou Pascal aveuglant de jour les noirs terriers.

Mais elle aime surtout, elle gauloise et frisque,
Ceux qui montent comme elle, à tout vol, à tout risque,
Voulant voir et chanter l'au delà, l'espéré ;

Elle est bien, sur nos champs résonnants, la voix claire
Du sol et des moissons qui font le sang pourpré
De nos cœurs pour l'amour ou la sainte colère.

II

L'alouette

AU BANQUET DU 10 JUIN 1878, A SCEAUX[1]

I

L'ALOUETTE GAULOISE

Notre alouette a vu sur la Gaule, à l'envi,
Toute faim se ruer, férocité romaine,
Voracité mongole, avidité germaine,
Tout nouvel affamé poussant un assouvi.

Elle a fait crier l'aigle à Pharsale, et suivi
En Saxe Charlemagne, et vu le grand domaine
De Rome fourmiller, cadavre ; et l'âme humaine
Prisonnière du corps sinistre, aux vers servi.

Libre au ciel maintenant, la Gauloise est Française ;
Elle plane, et le monde est son grand diocèse ;
Elle chante, et le monde est son grand Opéra.

1. Centenaire de Voltaire. — Voir le *Supplément à la Vie littéraire* du 27 juin 1878. La pièce était et demeure adressée à MM. Albert Collignon et Victor Garien.

Casquée, elle est aussi, comme Pallas, guerrière.
Vos pas, soldats marcheurs, son vol les mesura ;
Mais, ô paix, son chant va plus loin : Canons, arrière !

11

L'ALOUETTE FRANÇAISE

Les blés verts aux blés d'or veulent qu'août se prépare ;
Juin le dit, Châtenay l'affirme, Robinson
Ne le contredit pas, et, plus haut, la chanson
Le proclame, qui monte et de l'azur s'empare.

L'alouette est l'oracle et notre espoir compare,
Heureux de la rustique et divine leçon,
Le champ de l'avenir dont proche est la moisson
Au val qui, bien semé, des prochains dons se pare.

Les sillons sont ouverts, soyons les bons semeurs.
Nous-mêmes nous verrons se lever les primeurs
Des jours nouveaux, ainsi que le blé sort de terre.

L'aube alors instruira l'alouette dans l'air
A l'hymne, au vol, ainsi qu'en ces jardins Voltaire,
Ouvrant les yeux, apprit la malice à l'éclair.

ÉPILOGUE

ÉPILOGUE

En l'an dix mille

Nec mergitur.

Depuis longtemps la France était morte ; les âges
Avaient passé ; le monde avait d'autres usages,
D'autres religions, une autre face. Un jour,
Du point qui fut la Gaule et la France et l'amour
Et l'admiration des siècles, l'Être immense
En qui tout naît et meurt, finit et recommence,
Vit sortir comme une aube ; et cette aube abreuvait
De force et de vertu l'homme qui la buvait,
L'homme nouveau, grandi des aïeux vénérables.
Et l'oreille de l'Être aux temps inénarrables,
Éternels, reconnut, s'élevant du vieux sol
Glorieux, le vieil air éployé, dont le vol
Avait aux nations porté l'âme française
De l'est à l'ouest, du sud au nord, — la Marseillaise.

Et sur le Panthéon reconstruit de Soufflot
Cinglait dans l'air la nef insubmersible au flot.

TABLE

TABLE

DU LOUVRE AU PANTHÉON

AVANT L'HISTOIRE

TEMPS GAULOIS

TEMPS ROMAINS

MOYEN AGE

RENAISSANCE

LE SIÈCLE DE LOUIS

LA RUE

LES SOLITAIRES

LES SUICIDES

ACHEVÉ D'IMPRIMER

PAR A. QUANTIN

LE DIX MAI MIL HUIT CENT QUATRE-VINGT-UN

POUR

ALPHONSE LEMERRE, LIBRAIRE

A PARIS

www.ingramcontent.com/pod-product-compliance
Lightning Source LLC
Chambersburg PA
CBHW061427030726
47503CB00005B/1325